COBALT-SERIES

炎の蜃気楼《ミラージュ》

赤い鯨とびいどろ童子

桑原水菜

集英社

目次

炎の蜃気楼《ミラージュ》　赤い鯨とびいどろ童子

草間清兵衛《くさませいべえ》
寿桂尼《じゆけいに》
中川掃部《なかがわかもん》
嘉田嶺次郎《かだれいじろう》
卯太郎《うたろう》

登場人物紹介

直江《なおえ》信綱《のぶつな》

仰木《おうぎ》高耶《たかや》

イラスト／浜田翔子

赤い鯨とびいどろ童子

序章

一体、何が起きたというのか。

なぜ自分は生きているのか。


たしかそれまでは暗闇《くらやみ》の底にいた。いや、暗闇そのものだった。どこからどこまでが自分だという境もなく、自分をとりまく闇と同化して、ぶつける場もなく暗く滾《たぎ》っては凝《こご》る想いばかり抱えて闇にたゆたっていた。

それが、……あれはなんだったのだろう。闇が沸々《ふつふつ》と熱せられてきて、「自分」というやつの境がじくじくと生まれて、周りの闇と油みたいに分離したと思った瞬間、突然それまで意識もしなかった「呼吸」が苦しくなり、気がつけば、闇に溺《おぼ》れて暴れ苦しんでいた。

あれはなんだったのだろう。赤子が産み落とされると、初めて呼吸をしようとして泣くようなものだろうか。

溺れて苦しみ、すがるものを探して死にものぐるいで手を伸ばし、やっと何かに指先がひっかかったと思った途端、体中が急にずっしりと重くなって、忘れていた「五感」が動き出した。

まぶしい。

気がついたそこは岩場だった。

岩に砕ける波の、重低音と細かい音が交互に、鼓膜《こまく》だけでなく肌を刺す。その刺激は強烈で新鮮で心地よくて、全身の感覚がみるみる目覚めていく。細胞の隅々《すみずみ》にまで、波音が伝わって、降りかかる飛沫《しぶき》を顔に浴びる。

冷たい。

体はびしょ濡《ぬ》れになっていた。まとわりつく衣が鬱陶《うっとう》しい。なんだこの衣は？　やたらと袖《そで》が細くて、衿《えり》は変に折り返されていて、首から腹まで、豆粒みたいなものが行儀《ぎょうぎ》よくついて、両衿を行儀よくつなぎとめている。見たこともない衣だ。目がチカチカするような格子《こうし》模様、そして股《また》に奇妙な金具がついた筒の細い、下穿《したば》き……。

なんじゃ、これは。

立ち上がって、辺りを見回した。

崖《がけ》の上に大きな城がそびえたっている。変な城じゃ。つるんとした壁は緑色に塗られていて、屋根も瓦《かわら》もない。箱のような城じゃ。やけに大きな鉄砲狭間《てっぽうはざま》が均等に並んでいるが、何か光る板でもはまっているのか、……きらきら輝いている。見たこともない城じゃ。あれは味方の城？　敵の城？　山内《やまのうち》の城か？　土佐《とさ》では見たこともない、けったいな姿ではないか。そうか。わしらは止められなかったのか。土佐の殿さんになりよった山内一豊《かずとよ》は、遠州掛川《えんしゅうかけがわ》の出だと聞いていたが、掛川ではあれが城ちゅうもんなのかのう。

目を転じれば、海沿いの堤《つつみ》の上を、物凄《ものすご》い速さで滑る大きな箱がある。しかも一台ではない。右からも左からも……。

こりゃあ、なんじゃ！

わしはどこに迷いこんだがじゃ。

いや待て。よう思い出せ。わしは浦戸《うらど》城にいたはずじゃ。戦《いくさ》をして立てこもっていた。我が主・長宗我部《ちょうそかべ》の殿さんが土佐から追い出されて、代わりに入ってきた山内一豊。その新参殿様が我ら土佐の一領具足《いちりょうぐそく》をないがしろにして無理矢理入国しようとするもんじゃき、わしらは蜂起《ほうき》して、この浦戸城に立てこもって抵抗戦を繰り広げたが、敵の軍勢に追い詰められ、そして――。

おや？

わしは死んだのではなかったのか？

いや、おかしい。ずぶ濡れだが体には傷らしきものは全《まった》くない。刀傷やら何やらで血まみれだったはずなのに。どういうことだ。

わしに何が起きた⁉

海岸を離れ、歩きだすにつれて、ますます様子がおかしいことに気がついた。陸《おか》にびっしりと張り付くようにして建物が建っている。どれもこれも二層の小天守閣《しょうてんしゅかく》のごとく立派で豪奢《ごうしゃ》で土佐の住人には考えられぬ。道は継ぎ目のない石ででもできているのか。その上を例の箱がゴオゴオ音を立てて滑っていく。四つの輪がついた箱型の荷車だが、馬も牛もおらず、人を乗せてひとりでに走っている。

歩いている連中の格好《かっこう》も変だ。やたら筒みたいな袖の服に、足全体を覆《おお》う草履《ぞうり》を履《は》いて、……いや、どこかで見たことがあるぞ。そうだ。あれはカピタンとかいう連中が纏《まと》う異国の服にどこか似ている。長宗我部の城下で一度だけ見たことがある、異国の人間の服。

戦《いくさ》に倒れてしばらく伏している間に、どうやら土佐はすっかり山内流に変わってしまったということか。わしらは山内の入国を阻止《そし》できなんだちゅうこっちゃ。これが遠州流か。こりゃあ、たまるか。土佐とはえらい違うもんじゃ。木とも石とも違う、見たこともない建具。あの透明な板はなんじゃ？　あれも異国のものなのか？　山内め、さすがかつては織田信長《おだのぶなが》公に仕《つか》えただけあって、持ちよるものが違う。これだけのもの、余程の財がなければ建てられん。恐るべし、山内一豊。わしらが戦《たたこ》うても歯が立たんわけよ。

「おい、君、ちょっとええか」

馬もなく動く例の鉄の荷車から、紺色の衣を着た男が降りてきて声をかけられた。こちらを

じろじろと怪《あや》しそうに窺《うかが》いながら、

「君、ぼろぼろではないか。どこから来よったね。ちょっと名前を聞かせてもろてもええか」

あ、いかん！

こりゃあ、山内の役人じゃ。落ち武者《むしゃ》狩りをしちょるに違いない！

慌《あわ》てて走り出した。「おい、待ちなさい！」と叫んで、役人が追ってくる。待つわけにはいかん。捕まったら、間違いなく打ち首ぜよ。こっちは長宗我部の遺臣。先祖代々土佐に根を下ろした、生まれも育ちも生粋《きっすい》の土佐人。戦ともなれば山向こうから具足を抱えて馳《は》せ参じる、誇り高き一領具足。

誰が新参大名・山内の役人なんぞに捕まるか。打ち首になんぞなるものか！

しかし走れん。

思うように走れん。

すぐに息があがる。傷を負って伏せっていたせいで手足がなまったのか？　山のひとつやふたつ、平気で走れたこの足がいっこうもつれて思うように走れん。あっという間に肺が悲鳴をあげだした。いつから、こがい軟弱な体になってしもうたがか？

息切れして、走る鉄の箱がたくさん置いてある広場に逃げ込んだ。箱の横っちょについているのは鏡か？　なんと豪勢なことだ。鏡なんて神社のご神体くらいでしか、ろくろく見たことがない。そんな高価なものをくっつけて、この自動荷車は走っているのか？

覗《のぞ》き込んで、息を止めた。

おい、誰じゃ。ここに映っちょるがは。

見たこともない男。黒目が濃く、鼻が高く、目鼻立ちがくっきりしてなかなか男前じゃが、

……こりゃ、わしじゃないきに！

あらためて手足を見た。ちがう。これはわしの手足じゃない。こがいに手足は長くないし、細くもない。そのせいじゃ、さっきからずっと走りにくかったのは。

あの高台に出れば、向こう側の景色が見られるはず。ここはどこだ。何が起きているのか。ここは土佐ではないのか。わしは浦戸にいたのではないのか。

「な……ッ」

高台に出た途端、向こう側の平野が見えた。見覚えがある地形ではあった。ここは間違いなく土佐だ。あれに流れるは鏡川《かがみがわ》、あそこにそびえ立つは五台山《ごだいさん》、しかし違う。

なんだ。平地にはぎっしりと建物が建っている。墓石のような巨大な建物が肩寄せ合うようにひしめきあっている。見たこともない大きな石の橋には、鉄の走る箱型荷車がたくさん行き交っている。

街……？

あれが山内の城下だというのか。

いや、何かが違う。この土佐は山内どころか異国の人間に侵略でもされたのか？

しかもこの体。わしはこがいな顔ではない。何かカピタンの恐ろしい術でもかけられてしもうたがか？　わしは嘉田嶺次郎《かだれいじろう》じゃ。こがいな男ではない……！

わかるのは、ただ、何か「とてつもないこと」が我が身に起きているということだ。

＊

それからの嶺次郎はまるで野良犬《のらいぬ》のようだった。土佐であって土佐でないような、わけのわからない街に放り出されて、とにかくその日その日を生きることで精一杯だ。空腹を凌《しの》ぐために物を盗み、大きな屋根のある城下らしきところで眠り、そうこうするうちに、わけのわからない男たちに狙《ねら》われるようになった。

「何者じゃ、おんしら！」

「おんしも死霊じゃな」

奇妙な服装にざんぎり頭の若い男たちが、嶺次郎を取り囲んで言った。

「阿呆《あほう》なこと言うなや！　わしゃこうして生きちゅうが！　誰が死霊じゃ！」

「黙ってわしらに従え！　そうでないなら……！」

わけのわからないうちに襲いかかられ、嶺次郎は死にものぐるいで闘って闘って闘って逃げた。落ち武者狩りに間違いない。

（捕《つか》まってたまるか。捕まるものか！）

ひたすら夢中で、たった独り、異様な謎《なぞ》の街を逃げまどい続けた。ひと月も経《た》つ頃には、衣服はぼろぼろ、眼光だけがギラギラして、目に映る何もかもが恐ろしく、昼間は物陰に身を潜《ひそ》め、人目を避けて、人気《ひとけ》のなくなった夜ばかりを狙って徘徊《はいかい》した。

（どうすればええ。どこにいけばええ）

そこここに溢《あふ》れる記号とも図形ともみえるものには何か意味があるようだが嶺次郎には解読できず、話しかけようにもうまく通じず、落ち武者狩りを恐れて、ついに誰にも声かけることができなくなって独り震える日々が続いた。まさに野犬だ。

わかるのは日々の天候と周りの木々が教えてくれる季節だけだ。梅雨《つゆ》の季節だった。

その夜も嶺次郎は、毎日大きな「市《いち》」の立つとおぼしき巨大な建物の中に入って食べ物を盗み、またしても「落ち武者狩り」に見つかって追いかけっこが始まった。

異様なほど大きな目の回るような音をたてて、黒と白に塗り分けられた箱型荷車が追ってきた。くそ、しつこいぜよ、落ち武者狩りめ！　しかも数が増えちょる！

（逃げきっちゃる！　なにがなんでも逃げて生き延びちゃる！）

箱形荷車の顔についた二つの眼《め》みたいなカンテラ光に、雨が浮かび上がる。嶺次郎はしくじった。路地に追い込まれ、追いつかれそうになったそのときだ。反対側からもう一台、別の箱形荷車がやってきて、嶺次郎の真横に急停車した。前の扉が開いて、身を乗り出すように中から顔を出したのは、白い筒細の衣に身を包んだ若者だ。

「おんしの味方じゃ！　乗っとうせ……！」

落ち武者狩りはもうそこまで来ている。嶺次郎は手を引かれるままに、夢中で助手席に飛び乗った。ドアが閉まらないうちに、車は猛烈な速さで走り出した。

「な、なんじゃ。おんしゃ……ッ」

「浦戸で討ち死にしたお人ですな」

は？　と嶺次郎は目を丸くした。髪は茶色なのに眉毛《まゆげ》は黒くキリリとして、ややつり目がちな瞳《ひとみ》は、やけに力がある。腹の前にある丸い輪ッかを握って、この車をどうやら操作しているようだった。

「わしゃ、おんしをずっと見守っちょったもんよ。浦戸城一の怨霊《おんりょう》さんよ！」

「なんじゃと？　怨霊？　誰が！」

「おんしじゃ。おんしゃあ、怨霊じゃ！」

と大きな声で高らかに言う。嶺次郎は目を白黒させるばかりだ。白いTシャツの袖をまくりあげ、茶髪の若者は、明るく笑い、

「ははは！　安心せい。わしも元・怨霊じゃ。おんしと同じ死人じゃ。味方っちゅうがはそがいなこっちゃ！」

「死んだ？　わしはやはり死んじょったがか！」

「おう。四百年前に浦戸で死んだ」

「よ、四、百、年……前⁉」

　ということは、いま目に映っているものどもは！

「そがいなわけじゃ。今は、わしらが死んでから、もう四百年が経っちょるぜよ」

「な、なんじゃとう！」

「ははは！　ここは四百年後の世界じゃ！　山内も徳川《とくがわ》も、もうおらんッ。とーっくのとうに戦は終わった。驚け、わしら四百年後に甦《よみがえ》ってしもうたがじゃああ！」

　馬よりも速く滑るように激走する「鉄の荷車」の中で嘉田嶺次郎は混乱している。大きな声でよく笑う男は、赤に変わろうとする信号を勢いよくすり抜けて、

「わしの名は草間《くさま》清兵衛《せいべえ》、鏡村《かがみむら》の一領具足じゃ！　まあ、仲良くしようぜよ！」

　これが嘉田嶺次郎と、のちに土佐《とさ》赤鯨衆《せきげいしゅう》を結成する盟友・草間との出会いだった。

第一章　大海に投げ出された

嘉田嶺次郎《かだれいじろう》は怨霊《おんりょう》だった。

しかも、このあたりでは有名な怨霊だったという。

高知県高知市《こうち》。嶺次郎が死んだ浦戸城《うらど》は、浦戸湾の入り口、桂浜《かつらはま》にほど近い小高い山の上にあった。桂浜は坂本龍馬《さかもとりょうま》の銅像が建つ高知県有数の観光スポットだが、そこにかつて、長宗我部《ちょうそかべ》氏の居城・浦戸城があったことを知る人は少ない。

嶺次郎が討ち死にした浦戸一揆《いっき》は、この浦戸の地で四百年前に起きた。土佐の戦国大名《せんごくだいみょう》として名を馳《は》せた長宗我部が、関ヶ原《せきはら》で負けて国を取り上げられ、代わりに土佐藩主となったのが山内一豊《やまのうちかずとよ》。嶺次郎たちはこの新しい主を認めず、抵抗戦を繰り広げ、挙句《あげく》、敗れた。

嶺次郎は土佐の一領具足《いちりょうぐそく》と呼ばれる地侍《じざむらい》だった。戦《いくさ》に出ると「給地坪付状《つぼつけじょう》」と呼ばれる恩賞の証《あかし》が与えられるのだが、殿様が入れ替わることで、それまでの「坪付状」が反古《ほご》になり、ただの紙切れとなってしまう。冗談じゃない！　と立ち上がり、山内の新藩主を入国させるまいとあらがったが、抵抗むなしく敗れ死んだ。記録によれば、その後、高知城下で晒《さら》し首に処せられて、その首は塩漬けにされた上、土佐国引き渡しの責任者であった幕府の井伊某《いいなにがし》のもとに送られたという。

嶺次郎はしかし、戦に加わった誰よりも敗れ死んだ無念が強かったのだろう。

以後、浦戸の怨霊となり、浦戸湾に入る船に悪さをしては恐れられ、五台山《ごだいさん》の僧侶《そうりょ》がたび駆けつけては回向《えこう》を受けたが、いっこうに成仏《じょうぶつ》できず、まあ、なだめるのには相当手こずったらしい。

その怨霊が、肉体を得て、こうして復活してしまったわけだ。

「憑依《ひょうい》というがよ」

と今の状態を説明してくれたのは、草間《くさま》だった。

「まあ、要するにその男にとりついちょるわけじゃ。自覚はないやもしれんが。憑依できちゅうおかげで、わしら生きていた時と同じように、物を感じ考えることができるらしい」

草間は、高知市の郊外にある山ふもとで、空き家になった農家の、古い平屋の一軒家をねぐらに暮らしているらしい。今の自分の状況を、ようやく解き明かしてもらえた嶺次郎は、茫然《ぼうぜん》としてしまっていた。

「なんでまた、こがいなことになったがかのう」

「それがわかれば苦労はせんがよ」

草間は、嶺次郎と同じ長宗我部の一領具足だったという。一領具足は半農半兵の野武士のこ

とだ。嶺次郎の死んだ浦戸一揆よりも前、四国統一《しこく》を果たした長宗我部元親《もとちか》を、屈服させよう
と乗り込んできた豊臣秀吉軍《とよとみひでよし》との戦で、むなしく討ち死にした男だった。
「そんで、わしらはどがいしたらええがやろ」
「ふむ。『どがいしたら』か。それはわしも考えちゅうところじゃ。ほじゃけんど肉体がある
からには腹も減る。ともかく喰《く》っていかねばならんきのう」
喰う、か。
と嶺次郎は呟《つぶや》いて、畳《たたみ》の上にあぐらをかきながら、腕組みをした。

＊

なるほど草間というよき解説者を見つけてからは、様々なものが勢いよく理解できるように
なってきた。「四百年後の土佐」は目に映るもの全《すべ》てが奇天烈《きてれつ》で、正体を知れば、刺激的なこ
とこの上ない。未来にタイムスリップしたようなものだからだ。これは異国だ。異国に飛び出
したのだ。そう考えるほうが馴染《なじ》みがよかった。火を使わずとも灯《あか》りがともり、蛇口《じゃぐち》をひねれ
ば水が管から出る。電気とかいうものはまるで魔法だ。種明かしに嶺次郎は興奮した。大はし
ゃぎだ。草間という先達《せんだつ》が教えてくれたことに関しては、呑み込みが早かった。
あちこちで見かけるカクカクとした記号は現代における「字」なのだという。現代人は大人

も子供も皆、あの記号が読めると聞いてびっくりした。鉄の箱には、車と電車なるものがあって、他にも空を飛ぶものまであるという。

「こりゃあ、たまるか！　ゲンダイちゅうやつはおっそろしく、たまるか！」

とりあえず山内も幕府も滅び、「落ち武者狩り」がないと知ってからは、嶺次郎も好奇心に駆られるまま、「ゲンダイ」とやらを探検してまわれるようになった。現代で物を手に入れる時に使う「円」なるものの使い方や価値を学ぶには、七日もあれば充分だった。「ゲンダイ」には驚くほどたくさんの種類の人間がいて（それは「職種」のことだったのだが）それはそれは複雑で、摩訶不思議《まかふしぎ》な物で溢《あふ》れていて、

「おい、草間！　ありゃあ、なんじゃ！　ずっと気になっちょった、あの丸く三色に光ってるやつは」

「信号じゃ。色にあわせて車が進んだり停《と》まったりしちょるやろ。車同士がぶつからないよう、順番に行かせたり停めたりしちょるんじゃ」

「おんしゃ物知りじゃのう！　で、誰が動かしちょるんじゃ」

「自動じゃ。機械がやっちょる」

「道具がひとりでに動くのか。なぜじゃ！　どんなからくりなんじゃや……！」

「ははは！　嘉田よ。おんしゃあ、貪欲《どんよく》な男じゃの。自分が怨霊じゃったことも忘れたがか？」

草間に言われて、ふと我に返った嶺次郎は腕組みをして座り込んだ。

「怨霊やっちょった記憶はない。覚えちょるがは浦戸で力尽きるまでのことよ。こがいなとこで死んでたまるかち、ひたすら念じちょった」

「死んでたまるか、か。わしも一緒じゃ、死んでたまるか、と最期《さいご》まで念じて死にあらがった」

草間の言葉は嶺次郎を驚かせた。

「おんしもか」

「おう。わしもじゃ。死ぬがは悔《くや》しい。悔しゅうてならん。わしらはどうやらとびきり諦《あきら》めが悪かったっちゅうことらしい。しかし、通行人まで捕まえて質問攻めする度胸《どきょう》は、さすがのわしにもないがぞ」

「なんじゃ、草間。わしを阿呆《あほう》扱いか」

「なんの。阿呆は阿呆でも神経の太い阿呆は学ぶのも速い。感心しとるがじゃ」

「わからんことをわからんままにしちゅうがは、気持ち悪いだけよ」

ほほう、と草間は顎《あご》に手をかけてニヤニヤしている。嶺次郎の雑草魂《ざっそうだましい》には感心していた。

「わしなんぞは、恐ろしゅうて、いまだに現代人に話しかけるなぞ、なかなかできん。おんしはそうではないのだな」

嶺次郎は馬鹿《ばか》にされているようで面白《おもしろ》くなかったが、草間は笑っている。嶺次郎に興味を持

ったようだ。

「おんしゃ面白いヤツじゃ、嘉田嶺次郎！　こがい甦《よみがえ》ったならば、とことん生き抜いてやろうぜよ！」

＊

嘉田嶺次郎という男、とにかくサバイバル術に長《た》けていた。「生き抜く」という一事にかけて、これだけ才能のある人間はそう滅多《めった》にいないだろう。動物的本能に裏打ちされた「生まれながらの策士」ともいうべき能力があって、とにかく頼もしい。文明社会に放り出された野性児を地でいくたくましさは、草間を驚かせた。

草間は草間で、実直そうな見かけの割に、なかなかしたたかにできており、知恵もあって、やることも大胆《だいたん》だ。二人のサバイバルは、物を盗むわ金は盗むわ、まるでギャングじみているのだが、なかなかどうしてウマがあい、息もぴったりだ。

現金輸送車を襲ったりもした。盛り場の用心棒じみたこともやった。違法賭博《とばく》で荒稼《あらかせ》ぎした挙句、イカサマがばれて、その筋の「怖いお兄さん方」から逃げ回ったこともある。

「喰《く》うためには何でもやる！　じゃけんど、弱い者は傷つけん！　ふんだくるがは強い連中からじゃ！　それが掟《おきて》じゃ！」

草間には妙なこだわりがあるらしい。それが嶺次郎も気に入った。

「おう！　そりゃおもろい！　金持ちども、ぎゃふんち言わせちゃるぜよ！」

二人が手探りに始めた「生きる」ことが、ようやくゲンダイとやらの仕組みの中で実を結び始めた頃、草間は嶺次郎をある「知人」のもとへと連れていった。

＊

「あらまあ。お久しぶりですね。草間さん」

草間たちが訪れたのは、山間《やまあい》にある小さな集落だった。そこに庵《いおり》と呼べるような可愛《かわい》らしい寺がある。庭を彩《いろど》るたくさんの花に囲まれて、彼らを迎えたのは、頭巾《ずきん》をかぶって僧衣をまとう、上品な老尼僧《にそう》だった。

「嶺次郎、挨拶《あいさつ》せい。こちらの庵主《あんじゅ》さまは、寿桂《じゅけい》様と仰《おつしや》る」

「ほほほ。これはまたイキのよさそうな死人《しびと》さんですね」

死人？　と嶺次郎は思わず背筋を正してしまった。死人だと知っているのか。見たところ、同じ憑依霊ではないようだが。

「この御方はわしが甦った当初、右も左もわからずにおるところを面倒《めんどう》みてくださったがよ」

と草間が言った。警戒しながら嶺次郎が目線を下げぬまま頭だけ下げると、寿桂尼は子供の

られる」

「ふむふむ。こりゃあ、ええ目つきをしちょりますなぁ。これぞ戦国のサムライの目じゃ。さすがは四百年間、誰も封じることができなかった浦戸の大怨霊、根性のありそうな顔をしてお

するとそれまでふてぶてしかった嶺次郎が、子供にでもなったように、どぎまぎ顔を赤くしてしまった。聞けば、この尼僧、かつては四国《しこく》の名刹《めいさつ》の住職をしていたというが、今は高知の山奥の庵で気ままな隠居生活をしているという。

「わしのことを知っちょるがか」

「ええ。そりゃあ、もう。昔から四国の僧の間では有名な方でしたから。坊さん泣かせの浦戸の怪物さん」

実は比叡山延暦寺《ひえいざんえんりゃくじ》の貫主《かんじゅ》とも親しいとかで、相当地位のある尼僧らしいのだが、なかなかの変わり者で、甦りたての草間が途方に暮れていたところにたまたま出会い、何を思ったか、面倒を見てくれたのだという。

「ははあ。食い扶持《ぶち》に困って、尼《あま》さんの厄介《やっかい》になっちょった、ちゅうことか」

「たまたまじゃ。阿呆」

「けんど、おかしいのう。坊さんは霊を成仏《じょうぶつ》させるが仕事やないかいね。ましてや人にとりついちゅう霊を養うなんぞ」

「ほほほ。迷うておられるからお世話をしたのですよ」

春の陽《ひ》ざしのように朗《ほが》らかに笑う。

「それにお経をあげたくらいで成仏される素直な方々ではございませんでしょう？　霊を飛ばすような法力も、わたくしにはございませんし」

「ふむ？　成仏させせんでもええいうが？」

「焦《あせ》らずともよいのですよ。考えることが大事です。ええ、それはもう」

上品に微笑《ほほえ》む尼僧を見て、嶺次郎は調子が狂ってしまう。草間が耳打ちし、

「わしにも、ちくとわからんお人じゃ。怨霊なんぞ全く怖がっちょらん。ふわふわ雲のようなお人じゃき」

庵を営みながら、憑依霊を世話するなど変わり者以外の何でもないが、右も左もわからなかった草間に「ゲンダイ」というものを最初に教えてくれたのもこの人なのだ。

（ふむ。こいつは利用できるらしい）

雑草魂でそんなことを考える嶺次郎の横で、草間は尼様とすっかり和《なご》んでいる。一緒に縁側でお茶でも飲み始めそうな雰囲気《ふんいき》だ。

（わしは騙《だま》されんがぞ）

そうでなくても猜疑心《さいぎしん》の強い嶺次郎だ。懐《なつ》かない野犬のような嶺次郎を見て、寿桂尼は相変わらず微笑んでいた。

「この世におれば、色々疑問に思えることが生《しょう》じましょう。その折は、どうぞ遠慮なく、この尼を頼ってくださりませ」

＊

まあ、そんな日は永遠に来ないだろうと嶺次郎は思っていた。甦ったからには生き抜くまでだ。昔からそうだった。貧しい一領具足に生まれて戦場を渡り歩いた。嶺次郎にとっては小さな土地を守りながら、戦場で稼《かせ》ぐことが生きる術《すべ》だったし、生き抜くことが人生の目的だったと言っても過言ではない。疑問など持つだけ無駄だ。持って貧しい暮らしが変わるとでもいうのか。変わりはしない。人間「考える」べきことは生き延びる算段《さんだん》だけだ。その考えは死んで甦ってからも変わらなかった。

そんなこんなで、手探りながら、だんだん現代の世の中のことが少しずつ見えてきた嶺次郎だ。

「……なるほどの。金《かね》ちゅうもんが世の中回しちょるおかげで、皆が皆、畑を耕さずとも暮らせるようになったたっちゅうことか」

かつて土佐の殿様がいた高知城も今は観光スポットだ。そのベンチで、名物のアイスクリンをなめながら、ライトアップされた天守閣《てんしゅかく》を眺めて嶺次郎は呟《つぶや》いた。

「こがいに人も増えて……。思えばわしらの生きちょった時代はのんびりしたもんじゃった。昔は殿様、今は皆、時計に仕えちょるき」

と手首に輝くのは金色の腕時計だ。これもどこぞの「怖いお兄さん」から奪いとった。盛り場を仕切る裏のほうではすっかり強面《こわもて》で有名になってしまった二人だ。

「なん言うちょる。おかげでこがい旨《うま》いもんも食べれるようになったがではないか」

「しかし現代人ちゅうがは皆、同じ顔しちょる。疲れちょるのか、皆、目が死んじょる」

「おんしが特別、眼光鋭すぎなんじゃ。嶺次郎」

格好は現代風でも中身は野武士そのまんま。歩いているだけで、通りすがりの者が思わずしげしげと見ていくほどだ。

「そがい簡単には馴染《なじ》めんわ。……ん?」

城門のほうが何やら騒がしい。争っているような声が聞こえる。なんじゃや?　とベンチから腰を浮かせた嶺次郎は、必死の形相《ぎょうそう》でこちらへと駆けてくる若者を見つけた。誰かに追われているらしい。

「待ちぃ!　こらあ!」

追ってきたのはガラの悪いだぼだぼジャージを着た若者たちだ。口汚い罵声《ばせい》を浴びせて嶺次郎の脇《わき》を通り抜けようとした男たちに、さりげなく足払いをかけて派手に転ばせた。

「いてーっ!　なんじゃあ!　なにしちゃるかぁ!」

「一人を大勢で追いかけて、いったい、なにをなさるつもりですろ」

嶺次郎が逃げてきた若者を背に庇《かば》って立ちはだかった。優しげな顔立ちの若者だ。突然のことに驚いている。草間も守るようにズイと進み出て、

「わけがあるなら、聞かせとうせ。まあ、ろくな理由でもないろうが」

「関係ない輩《やから》はひっこんじょれ！」

「……ちゅうても、多勢に無勢は、おもしろうないきのう」

ちら、と肩越しに若者を見て、嶺次郎は顎《あご》で「逃げろ」と指図した。追っ手どもは頭に血が上ってすでに見境なくなっている。

「ほたえな！（だまれ）」

殴《なぐ》りかかってきた。嶺次郎の目が「待ってました」とばかりに輝き、そこからは派手な乱闘に突入だ。水を得た魚のように暴れまくる嶺次郎に置いて行かれるまいと草間も加勢し、城の下は大乱闘と化してしまった。

腕っ節には自信のある二人だ。あっという間に追っ手どもは尻尾《しっぽ》をまいて退散し、追われていた若者は二人のあまりの強さに呆気《あっけ》にとられている。

「おう、怪我《けが》はないか」

「は、はあ……。私は大丈夫です。そういうあなたこそ血が出てますよ！」

「おう。刃物を持っちょる輩がおった。かすり傷じゃ。舐《な》めときゃ治る」

そういうわけにはいかない、と若者は嶺次郎をぐいぐい引っ張って、手洗い場まで連れてきた。自分のハンカチで手際《てぎわ》よく手当てをする若者を見て、

「おんしゃあ、器用じゃのう」

「これでも私は医者ですき。とりあえず止血しますから動かさんで早めに病院に」

優しげな見てくれとは逆に、きびきびとした動きが頼もしい。覗き込みながら草間が、

「それよりヤツらはなんじゃ。何をした」

ドキリ、として若者は手を止めた。嶺次郎はじーっと観察していたが、やがて、

「おんし、死人じゃな」

見抜かれた若者は頭を抱えて、

「す、すみません！　わ……ッ、私は！」

「安心しとうせ。わしらも死人じゃ。長宗我部の一領具足じゃった。なんじゃ。おんしも落ち武者狩りに追われちゅうがか」

え？　という顔を若者はした。嶺次郎は胸を叩《たた》き、

「わしの名は嘉田嶺次郎。そして、こっちは草間清兵衛じゃ」

はっと若者は顔をあげた。

「草間……せいべえ……。もしや鏡村《かがみむら》の？」

「ん？　なんじゃ。おんし、わしのことを知っちゅうがか」

たちまち若者の表情が明るくなった。

「私です！　中川《なかがわ》です。中川掃部《かもん》です！　鏡村の平畠《ひらはた》におった医者の息子です！」

「中川！　源三《げんぞう》さんの息子さんかえ！」

嶺次郎を差し置いて、二人はワアッと盛り上がった。どうやら同郷の知り合いだったらしい。手を取り合って騒ぐ二人をポカンと見つめながら、嶺次郎が、

「……どうでもええが、中川よ、おんし着ちょるシャツが後ろ前じゃ……」

＊

中川掃部は草間の同郷の出だった。村で医者をやっていたといい、やはり怨霊となってこの世に残っていたのが、ここに来て突然甦ってきたという。嶺次郎たちと同じで原因は分からないが、中川によれば、甦ってきた死人は彼らだけではないらしい。

「なんじゃと？　三好《みよし》方の死人に追われた？」

「はい。無理矢理、手下にされて酷《ひど》い扱いを受け、我慢ならず逃げてきちょりました。どうやら同じ戦国の霊がこの辺りにはぎょうさん憑依して現代人みたいな顔でうろついちょる模様です」

中川をつれて鏡川の土手にやってきた嶺次郎と草間は顔を見合わせた。三好というのはかつ

て長宗我部と四国の覇権《はけん》を巡って争った戦国武将の名だ。戦国時代の霊がこのゲンダイにうろついている？

「どうもこの四国では怨霊同士が戦をしちょるらしいがです」

「怨霊同士が戦じゃと？　死人がまた戦をやり直しちょる言うがか」

「はあ。長宗我部に怨《うら》みを持つ戦死者がこの土佐を勢力下に置こうとしちょるとか。三好だけではのうて、安芸国虎《あきのくにとら》をはじめとする、かつて長宗我部に滅ぼされた怨霊どもが、我こそは四国の覇者にならんと陰で戦をしちょるがです」

中川はその戦に巻き込まれかけたということだ。嶺次郎たちの主人である長宗我部元親は、たった三〇〇〇貫の一領主からのしあがり、「土佐の七雄」なる有力豪族を次々と制圧して、ついには四国全土を掌中《しょうちゅう》にした戦国武将だ。嶺次郎は飛び上がって喜び、

「戦か！　戦と聞いては血が騒ぐ」

「そんで、わしら長宗我部の殿様は甦ってきちょるがかの！」

「元親公ですか？　さあ。聞きませんのう。そもそも元親公は伏見《ふしみ》で亡くなられましたし、その子の盛親《もりちか》公も、徳川に潰《つぶ》されてとうとう四国には戻らなんだですし、土佐にはおらんのでは」

がっくり、と草間は肩を落とした。

「長宗我部様もおらんでは、わしら一領具足は働けん。戦をする理由もないでの」

「わしらにゃ関係ないちゅうことかいの」

　こちらも、がっかりといった調子で、嶺次郎は缶ビールをあおった。

「落ち武者狩りではないとすると、わしを従わそうとしちょった連中も三好の連中ちゅうことか」

「三好とは限りません。このあたりは、様々な勢力の怨霊が入り乱れていると聞きますので」

「そんでこれからおんしはどがいする。中川」

　土手に膝《ひざ》を抱えて座り込みながら「はあ」と中川は言い、

「もしよければ、一緒にいさせてもらえませんかのう。あてもありませんし、また三好の連中に捕まるのもイヤですき」

「ほじゃの。仲間は多いほうがええ。同郷のよしみじゃ。一緒におろうぜよ」

　そんなこんなで仲間が増えた。

　聞けば、中川は心霊治療を得意としていて、珍重される能力ゆえに三好からしつこく狙われたらしい。医者だけあって頭もよく、物事の分析力に優れて呑《の》み込みも早い。現代の道具もすぐに扱いこなしたし、複雑で難しい法律や社会の仕組みなんかもパパッと理解してしまう。気は優しいが、医者らしく毅然《きぜん》としたところもあって、嶺次郎たちの無茶苦茶さに流されないのがまたよかった。頭に血が上ってハメを外しかけるふたりに適度なブレーキをかけてくれるおかげで、嶺次郎がこぜりあいで傷を負う回数も減った。

そんな「デキル」男だからこそ狙われたのだろう。三好方は諦《あきら》めてはいなかったらしい。ついには嶺次郎たちの隠れ家まで突き止めて、再び押しかけてきた。

「おう！　そこにおるがはわかっちょるがじゃ。おとなしく出てきーや！」

元農家のおんぼろ平屋に、二、三十人ほどのガサツそうな男達が徒党を組んでやってきて、包囲してしまった。先頭に立ち、声を張り上げたのは頭を短く刈った背の低い猿のような男だ。出ていかないとみるや乗り付けた車のクラクションを鳴らしまくる。うるささに耐えかねて、出てきたのは嶺次郎だった。

「なんじゃ、夜中にうるさいのう。おちおち寝ちょれん」

ランニング姿で胸の辺りをぽりぽりかきながら出てきた嶺次郎を、待ちかまえていたのは血気盛んげな猿似の男だ。まずい、と玄関の陰《かげ》で呟いたのは中川だった。

「……厄介《やっかい》な男が来よった。ありゃあ、三好きっての乱暴モンじゃ。喧嘩《けんか》が滅法《めっぽう》強い。気をつけて、嘉田さん。甘くみると怪我を」

「ああーっ？　なんじゃ、おんし土佐モンのくせに、三好なんぞについちゅうがか！」

忠告も聞かず、嶺次郎は声を張り上げた。カチンときたのは猿似の男だ。

「貴様かッ、わしらの仲間をかわいがってくれよったとかいう土佐っぽは。三好公はたいそうお怒りじゃ。痛い目みとうなければ、おとなしく中川を引き渡して、わしらに従え！」

「はあ？　三好ごときがこのわしらを召し抱えようというがですか？　ははは。片腹痛いわ！」

嶺次郎はますます不遜《ふそん》に笑い飛ばし、

「わしらを従わせるつもりなら、力ずくで来い！　できるもんならなぁ！」

「なんにを〜！　言わせておけば〜！」

気をつけて、嘉田さん！　と中川がたまらず警告した。

「その男、念を使いますき！」

「念、じゃと？　……！」

聞き返すや否《いな》や、見えない力に体が押されて、突風にでも吹き飛ばされたように家の壁に叩《たた》きつけられた。

(なんじゃ、いまの)

「どうやら、おんしら念も使えん死霊と見た。カカカ！　なんじゃ、噂《うわさ》ほどでもないの」

今度は突然、屋根瓦《やねがわら》が崩れ、嶺次郎めがけてガラガラと滑り落ちてきた。慌《あわ》ててかわしたけれど、わけがわからない。手も使わずに力を使う。これが念か！　猿似の男は薄笑いを浮かべながら、落ちた瓦を念で再び浮き上がらせ、

「さあ、痛い目みとうなければ中川を引き渡しいや。田舎《いなか》野武士さんよ」

だが嶺次郎は立ち上がり、中川を庇《かば》って立ちはだかる。その目はギラギラと輝いて傲岸《ごうがん》に唸《うな》っている。

「……おもろいのう。その念とやら、どがい使うか、わしにもちぃと教えてくれんかのう」

「ええい、ぞうくそ悪い、邪魔《じゃま》じゃ言うちょる！」

　瓦が嶺次郎めがけて飛んできた。嶺次郎は咄嗟《とっさ》に右腕を楯《たて》にして、飛んできた瓦を顔の前で見事に割った。

「……こうかの？」

「おのれええ！　かかれ、皆の者！」

　わあっと男たちの怒声があがって、再び乱闘が始まった。しかし敵味方入り乱れる修羅場《しゅらば》こそ、嶺次郎と草間が本領発揮する舞台だ。戦場《いくさば》に戻ったかのように生き生きと迎え撃つ嶺次郎は血が騒いで仕方ない。襲いかかる敵の首根っこをむんずと摑《つか》んでは投げ飛ばし、あるものは皆、手当たり次第に武器にして、その戦いっぷりは「鬼神のごとし」だ。そんな嶺次郎の奮闘《ふんとう》を見ては草間も黙っていられない。負けじと暴れまくり、敵に追いかけ回される中川を見事に庇って撃退していく。中川はその強さにびっくりしてしまった。

（な、なんちゅうお人々じゃ……）

　とうとうたった二人で、三十人の三好の手下を退散させてしまった。命ばかりはお助けを！とばかり次々逃げ出していく仲間を尻目《しりめ》に、先刻の猿似の男は尻餅《しりもち》をついたまま、茫然《ぼうぜん》と、嶺次郎と草間の暴れッぷりを眺めている。全員片づけた嶺次郎は手をはたきながら、

「死んだ人間が『命ばかりは』でもなかろうが、雑魚《ざこ》どもめ。長宗我部の一領具足を舐《な》めるな」

させている。

は？　と嶺次郎と草間が振り向いた。猿似の男が嶺次郎の足にすがりついて、目をきらきら

「き、兄弟！」

「おんしらぁ強い！　惚《ほ》れた！　おんしらぁに惚れたぜよ！　わしを子分にしとうせ！　三好なんぞ、もうどうでもええきにッ。わしをおんしらの仲間にしとうせッ」

はあ？　と顔をしかめる嶺次郎に猿似の男は満面笑顔で言ったのだ。

「わしゃあ、岩田《いわた》永吉《えいきち》！　おんしらと同じ土佐の一領具足じゃッ。仲間になりたい。惚れたぜよ、兄弟！」

第二章　よみがえり者の村

三好方《みよしがた》からあっさり寝返って、仲間になった男の名は、岩田永吉《いわたえいきち》と言った。土佐《とさ》出身で同じ戦国時代に生きた一領具足《いちりょうぐそく》とのことで、つい半年ほど前に甦《よみがえ》ってきたのはいいがあまりにも度が外れた「未来社会」についていけず、途方にくれていたところ、三好方から声をかけられたのだという。が、「自由は土佐の山間《やまあい》から」的な土佐人の気性と「向こう岸はすぐ首都圏」的な阿波人《あわじん》の気性では、どうもそりが合わないので、ストレスをためていたらしい。すっかり嶺《れい》次郎《じろう》たちに惚《ほ》れ込んで勝手に兄弟の契《ちぎ》りを結んでしまった。

「三好んモンは都会者気取りで酒が呑《の》めんで困る。やはり大酒呑むなら土佐モン同士でなければのう」

ひょうきんな男で、酒が入れば猿顔を赤くして文字通りレッドゾーンまで止まらない。だがこれでなかなか役に立つ男だ。おつむのほうはともかく、行動力抜群で草間《くさま》に言わせれば「鉄砲玉」だ。怖いモノ知らずで（本人に言わせれば、おつむが足りないから怖いモノがわからないのだとか）腕っぷしに物を言わせ、今日も悪徳金貸業の男を騙《だま》し落として、ガッツリ稼ぎを横取りした。

「痛快じゃーっ！　金をとるなら悪モンからですか！　それじゃそれ！　わしがしたかったがもそれです！　さすが嘉田《かだ》さんたちは違いますなぁ！」

「なに。悪モンのほうが金持ちが多いだけのことよ」

所詮《しょせん》、恐喝《きょうかつ》で得た黒い金だから、嶺次郎たちがさらに恐喝していただいても警察に追いかけ回される心配もない。今日の稼ぎで四人は夜の盛り場に繰り出し、皿鉢《さわち》料理を囲みながら、一升瓶《いっしょうびん》を何本も空にした。

「しかし面白《おもしろ》い人ですなあ。岩田さん。よっぽど土佐が恋しかったがですね」

鰹《かつお》のたたきに舌鼓《したつづみ》を打ちながら中川《なかがわ》も苦笑いだ。永吉は土佐の男特有の暑苦しさで、嶺次郎たちになつきまくっている。

「草間さん嘉田さん、どこまでもついていきますき〜！」

「……尻尾《しっぽ》ふっちゅうがみえるようじゃの」

「それにしても興味深いな。《闇戦国《やみせんごく》》ちゅうもんは」

と草間が肴《さかな》の「どろめ（イワシの白子《しらす》）」を箸《はし》ですくいつつ、

「……日本国中で戦国武将の怨霊《おんりょう》が甦っちゅう話。そんでわしらも甦ったいうことかいの」

永吉が三好方から得た情報だ。三好は畿内《きない》の武将と通じている。どうやら四国《しこく》の外でも「怨《おん》将《しょう》」と呼ばれる戦国の怨霊が天下取りを目指して戦《いくさ》を繰り広げているというのだ。

「勝手にやっちょれ。わしらにゃ関係ない。戦なんぞせんでも、こがい稼いでおるがやないか」

嶺次郎は「ゴリの唐揚《からあ》げ」をつまんでカリカリ食べつつ話半分にきいている。すっかりできあがった永吉は子猿のように嶺次郎にべったりだ。中川が、

「けんど、三好も安芸《あき》も、土佐を狙《ねら》っちょるいうがですろ？　いずれこのあたりも《闇戦国》の怨将の支配下に置かれるちゅうことになるがではないですろ」

「ならん！　ここは長宗我部《ちょうそかべ》様のご城下じゃ。敵にとられるのは我慢《がまん》ならん」

と、とられてもいないのに草間が憤慨《ふんがい》するのをみて、嶺次郎はうっとうしげに猪口《ちょこ》を傾け、

「長宗我部がなんじゃち言うがよ。わしらを土佐に置き去りにして命の坪付状《つぼつけじょう》もほったらかしにした殿さんなんぞ当てになるかい」

「主家に向かってその言い方はなんじゃ、嶺次郎！」

「なんじゃ！　やるか！」

まあまあ、と慌《あわ》てて仲裁に入るのはいつも中川だ。確かに怨将の争いなど、関《かか》わり合いにならないで済めばそれに越したことはないのだが、憑依霊《ひょういれい》は憑依霊を見抜くのだ。

しかも、すでに嶺次郎たちのことは近隣の噂《うわさ》になり始めていた。

＊

三好配下の一団を、たった二騎でこてんぱんにして敗走させた侍《さむらい》がいる……！

噂はあっという間に土佐中に広まってしまった。その豪傑《ごうけつ》二人とは何者か？　どうやら長宗我部の一領具足だったらしい。やがて噂に尾鰭《おひれ》がついて、倒した数も三十人から三千人、三千人から三万人、巨馬に跨《またが》った鬼武者から、しまいには竜に跨った仁王《におう》武者にまで昇格して、業界は（もちろん《闇戦国》のことだ）噂でもちきりだ。土佐はいまだ怨霊たちが乱立して小競《こぜ》り合《あ》いが続いているから、そんな豪傑がいようものなら、近隣武将が捨てておくわけがない。

案の定、噂を聞きつけて、嶺次郎たちを探し出し、訪ねてくる者も現れ始めた。どれもこれも豪族怨将からの「召し抱え」コールだ。しかし嶺次郎は楊枝《ようじ》をくわえて、

「死んで甦ってまで誰かに仕える気は毛頭《もうとう》ない。わかったら早よ去《い》ね」

寝そべるばかりでそっけない。

生前は喰《く》わなければならないから長宗我部にも仕えた。戦もした。しかし今は別に稼ぎの術《すべ》がある。四百年後の現代というやつは、泳ぎ方さえ覚えてみれば、嶺次郎の性分には合う世の中だ。自活の手が見つかれば、二度と主を持つつもりはないようだ。

草間の答えは少し違った。

「わしゃあ、長宗我部様の一領具足じゃ。他の武将に仕えるつもりは毛頭ない」

忠義を理由に、追い返す。こうなると、ますます噂は一人歩きしていく。どの怨将にも決し

て「なびかない」「おとせない」無頼《ぶらい》の一領具足たち。中には力ずくで従わせようとした者もいるが、二人が強すぎて誰も歯が立たなかった。

「なるほど、死人だけが使える力か」

岩田永吉から念の発し方を習ってからは、ますます敵なしになった嶺次郎だ。夜の桂浜《かつらはま》にやってきては、岩田から《力《りょく》》の使い方を教わっていた。

「生き人には、ちぃとできん技です。怨将どもはどうやら、こがいな力を使うて争いあっちょるようです」

と言いながら、浜にしきつめられた五色石《ごしきいし》を色を選んで浮き上がらせる。石は面白いように宙に浮かび上がった。

「つまり、こがいな力を扱えるがが死人の証《あかし》というわけか」

宙に浮かんだ石を手でさらい、嶺次郎は打ち寄せる波に向けて遠く投げた。石が落ちると同時に、遠くを行くタンカーが霧笛《むてき》を鳴らした。

「ほじゃけんど、なぜ今頃になって、わしらは甦ってきたがやろのう……」

ぼんやりとは思いつつも、答えは見つからない。嶺次郎ら一味はその後も変わらず荒稼ぎに没頭した。やがて、そんな彼らに、ちょっとした転機が訪れるのである。

＊

ひどくムシムシとした真夏の夜のことだった。今夜も今夜とて歓楽街の路地裏で地元の「スジもん」と「追いかけっこ」をした嶺次郎と永吉は、ようやく追っ手を振りきって、江《え》ノ口《くち》川沿いを歩きだしていた。

「うほっ。見とうせ、嘉田《かだ》さん。今夜の稼ぎは五十万超えちょる。念を使えば違法賭場《とば》で荒稼ぎもチョロイもんじゃ。元手に金貸しでもして儲《もう》けましょうや」

嶺次郎の視線が道の先の一点に張り付いている。おいアレ、と声をかけられ、永吉も暗がりで揉《も》み合う男達に気がついた。小さなスナックが幾《いく》つも入った雑居ビルの裏手で、数人がひとりの若者を取り囲んで、口汚い暴言を浴びせている。

「なんですろう」

囲まれている丸刈りの若者は下っ端らしく、店で何か不作法でもやらかしたのか、腰も低く米搗《こめつ》きバッタのように謝って、揉み手調子でへつらっては、お返しにひどい足蹴《あしげ》をくらっている。

「アホなやっちゃのう。関《かか》わりあいになるまでもないですろ」

「いや、永吉。ありゃ、お仲間じゃ」

憑依霊《ひょういれい》の一行だ。よくよく見ていると、取り囲んでいる連中は高そうなスーツを身につけ飾り立てているが、丸刈りの下っ端はヨレヨレな格好で見るからにパシリだ。

「郷士《ごうし》風情《ふぜい》がわしらの仲間気取りで大きな顔しよって！　郷士は郷士らしく、わしら上士《じょうし》の残りもんでも喰ろうておれ！」

（郷士？　上士？）

不思議な顔をする嶺次郎に、ガードレールに座った永吉が「ははあ、ありゃ山内《やまのうち》の上士じゃ」と呟《つぶや》いた。

「山内の上士じゃと？」

「あっ、嘉田さんはご存じなかったがですね。山内が土佐《とさ》に入国してから後のこと」

ガードレールの上で永吉は足をブラブラさせながら、

「山内の殿様が来てから、土佐じゃ山内の侍《さむらい》が上士なんぞと名乗ってえばりくさって、わしら長宗我部《ちょうそかべ》様の御代からの家来を、えろう見下しおったいう話じゃ。郷士と呼んで」

「……ごうし」

「おう。よそもんの分際ででかい顔しくさって、長宗我部様の家来は皆、侍を捨て、商人や百姓になっていきよった。上士というだけでろくに働きもできん輩《やから》が幅利かせよって、わしらの後の生粋《きっすい》の土佐モンはえらい切ない目におうてきたとか」

江戸《えど》時代はそもそも厳しい身分制度が敷かれた時代であったが、土佐藩では同じ藩士の中でも上士と郷士という身分差がはっきりと分かれており、郷士はまるで逆らうことができなかった。大名の転封《てんぽう》で多かれ少なかれ、他の藩でもそのようなことはあったが、土佐の場合はその待遇差に、他の藩には見られないほど苛烈《かれつ》なものがあったとか。

「しかし、死んでまで上士郷士とは……。阿呆《あほう》というか、ほんに切ないのう」

などと言っている間に「上士」なる男たちが丸刈りの若者に向け、「ほれ、これでメシでも喰え」と賽銭《さいせん》でもまくように小銭をばらまいた。丸刈り男は池の金魚のように、散らばった小銭を慌《あわ》てて拾いまくる。その様がいかにも滑稽《こっけい》で、「上士」なる男たちは高笑いして去っていってしまった。

嶺次郎は、黙って、その後の丸刈り男を眺めている。周りには目もくれず、目の色を変えて小銭を拾うその姿がみすぼらしくて、たまらなくなってきた嶺次郎は、ついに、永吉の制止もきかず、つかつかと近づいていった。

「よせ」

若者は一度顔をあげたが、また小銭拾いに夢中になる。

「よせというちょる！」

五円玉を摑《つか》んだ手を、嶺次郎が強引にひねりあげた。さすがに驚いてこちらを見上げた若者の目に、嶺次郎は固まってしまった。

(この目)

唐突に頭の奥で何かが重なった。何かに映った男の顔だ。鏡だったか水面だったか、わからない。暗く卑屈《ひくつめ》な眼をした、蒼白《あおじろ》い顔の——。

「おい、待ちや！」

嶺次郎の手を振り払って、丸刈りの郷士は逃げ出した。あとも振り返らず走り去り、蒸し暑い夜の街へと紛《まぎ》れて、ほどなく見えなくなってしまった。丸刈り郷士が落としていった五円玉を拾い上げ、嶺次郎は苦々しげな顔をしている。

「どがいしたがですか。嘉田さん」

永吉が顔を覗《のぞ》き込んできたけれど、うまく説明するのはまだ少し難しい。

＊

ねぐらに戻っても、嶺次郎は五円玉を手放せなかった。コイン穴から天井を見上げて、やけにざわめく自分の心に困っていた。

（あれは、何じゃったがか）

一瞬甦《よみがえ》ったあの記憶は何だったのか。何かに映った自分の姿をみて驚いている——そんな気持ちだけが鮮やかに甦ってくるのだが、いつ何をしていた時のことか、

「くそ、全然思い出せん」

イライラするのはそのせいだけではない。自分のことでもないのに、あの丸坊主男のみすぼらしさが脳裏《のうり》に焼き付いて、ますます苛《いら》つかせる。いやなら考えなければいいのに、頭から離

れようとしないのだ。大の字になって畳《たたみ》に倒れた嶺次郎の後ろに、中川《なかがわ》が何やらブツブツ言いながらやってきた。

「おう、ちょうどええところに来た。中川」

は？ と中川が我《われ》にかえってこちらをみた。

「なんじゃ、おんし。阿呆《あほ》みたいな顔をして」

「はあ。今日ちょっと気になる記事を見つけてしまいまして」

勉強好きの中川は、現代の文字の読み方も習得して、新聞にも毎日目を通しているのだが、そこに気になる記事があったのだ。先日、ある病院で、怪我《けが》を負った若い男が治療を受けたのだが、窓口で治療費も払わず逃げたため、警察に捕まったのだという。

「食い逃げならぬ、かかり逃げか。ケチくさいやっちゃのう」

「ところが、この人ばかりではないがです」

ここ一年ばかり、高知県《こうち》では医者のかかりにげが極端に急増しているのだという。医者だけでなく、万引きや無銭飲食などの軽犯罪もやたら増えていて、若者のモラルの低下が社会問題化しているとか。しかし中川は、

「これ、わしら死人のことではないかと思うがです」

と言った。

「ひとに憑依《ひょうい》しても、わしらのように自活できる者はごくわずかで、そうでない死人は世の中

の約束を外れて日々、暮らしちょる。皆が皆、現代の仕組みに紛れ込めるとは限らんわけです」

嶺次郎も人のことは言えない。草間に会うまではそう言う「馴染《なじ》めない霊」のひとりだった。死人が暮らす、というのもおかしな文脈だが、現実、そうなのだから仕方がない。

「ですんで、草間さんに申し出ました。せめて同じ霊のために、医者としてできることがあればやってみたいと」

「なんじゃ。おんし、開業でもする気か」

「はあ。同じ憑依霊に何かあったときは、お金はとらんで診《み》ちゃろう思うがです。そうでのうても、私らは生き人から一時、体をお借りしちょる身です。ヤドカリの身で肉体を粗末に扱っては申し訳ない」

中川の得意は心霊治療だ。今までも、その力を使って、現代人の金持ちに治療を施《ほどこ》しては莫大な謝礼金を手に入れていた嶺次郎たちだ。しかし元来、生真面目《きまじめ》で、医術を金儲《もう》けの手段にするのには抵抗があった中川だ。

あくまで「医者でありたい」中川の熱烈な希望を、無視することはできない。嶺次郎は腕組みをして「草間さんはなんと言うちょる」と尋《たず》ねたところ、

「はあ、慈善《じぜん》事業でも始める気かと渋い顔をされましたが、草間さんも同胞のことは気にしちょるようで」

「ふむ。まあ、わしらも稼いで何がしたいちゅうわけではないき、おんしがそう言うなら叶《かな》えてやりたいが……」

お願いします、と中川は眼《め》で訴える。わかった、と嶺次郎が膝《ひざ》を叩《たた》いた。

「わしらの稼ぎなら、薬代くらいはなんとかなるろう。やってみるか」

＊

〃しびと、よみがえりもの　の　病ケガ　ただでみます〃
そんな謎《なぞ》の貼り紙が、高知《こうち》市一帯の電柱に貼り出されたのは、それからしばらくしてのことだった。現代人にはさっぱり意味がわからないが、憑依霊《ひょういれい》には通じるよう、昔風の筆文字で、半紙に何枚も何枚も書いて貼り出した。字の読めない者も多いことに気づいて、石焼きイモ屋にヒントを得た永吉が、車からハンドマイクで呼びかけたりもする熱心さだ。
そんな彼らを頼って「死人のための診療所」を訪れる者もぼちぼち増えてきた。が、意外にも、そう大した病や怪我もないのにやってくる者のほうが多い。行き場に困って途方に暮れていた元・怨霊《おんりょう》が、仲間を求めてやってくるのである。中川はすっかりカウンセラーと化してしまった。
しまいには「手伝わせてくれ」と居着いてしまう者まで出始めた。

「ふー……む、こがいに多かったとはの」

いまや「中川診療所」は患者よりも手伝いのほうが多い有様だ。行くあてもないと来ては無下《むげ》には追い返せないので、中川はあぶれた者にも仕事を与えて活気だけはある。

「中川先生ーっ！　屋根の修理は終わりましたー。次は何をしたらええがですかーっ」

人一倍働き者なのは堂森猪之介《どうもりいのすけ》なる男だった。ここに来る前は慣れぬ現代生活に居場所を見つけられず、ヤケ気味だったようだが、診療所にやってきて中川から手伝いを頼まれてからは、仕事を申しつけられるのが嬉《うれ》しくてたまらないらしい。なにより褒美《ほうび》にメシが喰えるのがいい。張り切っている一人だ。

「お疲れさまです。ありがとうございます、堂森さん」

「おつかい、行ってきましたー」

と縁側から顔を出した男は一蔵《いちぞう》と真木《まき》という名の元・雑兵《ぞうひょう》だ。一蔵は嶺次郎の同郷で、怨霊をやっていたとは思えないほど、ちゃっかり者で呑気《のんき》な男だ。「霞丸《かすみまる》」と名付けた骨笛《ほねぶえ》を後生《ごしょう》大事にもっていて、夜になると時々縁側で吹いていたりする。

「はー、疲れたぜよー、もう動けん。もう歩けん。先生、お駄賃《だちん》ください」

「なんを言うちょる。おんしゃ、わしにばかりやらせて、なんもせんかったではないか」

一方の真木は、元・香宗我部《こうそかべ》方の雑兵だったという男だが、なかなかの情報通で、嶺次郎《れいじろう》たちも重宝していた。

気さくな中川はいつの間にか現代人とのご近所づきあいまで始めていたようだ。心霊治療で金持ち相手に荒稼ぎする傍《かたわ》ら、実はひそかにご近所の現代人たちにも、ボランティアで治療を施していたらしい。ついでに余った人手を知り合いの老人宅に遣《つか》わして介護や農作業の手伝いまでするようになっていたのだ。

「おいおい、いくらなんでも、現代人と馴染《なじ》みすぎじゃ。中川」

「そうですか？　ほじゃけんど、ご近所つきあいは大事ですよ」

「まあ、争いに明け暮れるよりはなんぼもええのとちがうか」

畑仕事に精を出す憑依霊たちを眺めて、草間と嶺次郎もちょっと和《なご》んでしまった。しかし、と草間は言い、

「ほんに、こがい行き場のない甦り者が多いとは……。つくづく何が起きちょるがかのう」

「昔から多かったわけではないがかの？」

「おう。わしが知る限りは、ここ一年ばかりじゃの。今後も増えるとしたら、心細うしちょる者も多いはずじゃ」

「……成仏《じょうぶつ》もできず、行き場もなく、か」

嶺次郎は考えこんでしまう。霊の中には、自らの意志で憑依して自分の都合で憑依する体を次々と変えられる者もいるが、嶺次郎にはそれができない。他人の体を借りているという感覚もそもそもないのだ。

（ちゅうことは、この体の持ち主はわしの中にいるいうわけじゃの）

しかし一体どこにいるのやら。奇妙な感じだ。自分だけが住んでいるはずの家に、もうひとり、誰かが居《お》るということだ。確かに気配らしきものは感じるのだが……。

（人の体で生きちょる言われても、自分ではどうにもならん）

「中川先生、急患です！」

診療所の入り口が急に騒がしくなってきた。飛び込んできた車に怪我人が乗っていた。体中血だらけの怪我人だ。慌てて飛び出してきた中川がすぐに一見、怪我を診《み》て、

「こりゃあ、戦傷か！　すぐに中に運び込んで！」

「おい、中川、何か手伝うことはないか！」

「嘉田さん、傷を洗いますき、水を用意してください！」

診療所開設以来の急患に、あっという間にてんてこまいになった。運び込まれたのは二十歳《はたち》くらいのきりりとした顔立ちの男前だ。声をかけたら答えるほどには気力があった。

「おんし、名は」

「斐川左馬助《ひかわさまのすけ》」

傷の痛みに耐えながら、つなぎ姿の若者は答えた。

「安芸《あき》の連中と闘《たたこ》うてこの有様じゃ」

「安芸？　安芸とは安芸国虎《くにとら》かいの」

嶺次郎は草間と顔を見合わせた。安芸国虎は長宗我部《ちょうそかべ》のライバル的存在だ。いや、成り上がりの長宗我部とは格が違う。高知《こうち》と室戸《むろと》の中間地点あたりにある安芸城を根城とする、土佐東部随一《ずいいち》の名門豪族だった。成り上がりの長宗我部を憎み、何度も激闘を繰り広げたが、最後は攻略を許して、滅んでしまった。その安芸国虎が嶺次郎たち同様復活してきて、生前長宗我部に奪われた土佐一国を奪還《だっかん》せんと、立ち上がったのだ。

「この一帯にも勢力を伸ばしてきちょる。怨将《おんしょう》どもの戦も激しくなってきょる」

手当てを終えて、奥の座敷で「入院」と相成った左馬助から、嶺次郎たちは周辺の事情を聞くことになった。

土佐は戦国時代、長宗我部氏が統一する以前は「七人守護」と呼ばれる豪族たちによる群雄《ぐんゆう》割拠《かっきょ》だった。安芸城の安芸氏、香宗《こうそ》城の香宗我部氏、本山《もとやま》城の本山氏、吉良《きら》城の吉良氏、蓮池《はすいけ》城の大平《おおひら》氏、半山姫野々《はんやまひめのの》城の津野《つの》氏、そして岡豊《おこう》城の長宗我部氏である。さらにそれらの格上として「中村御所《なかむらごしょ》」と呼ばれた一条《いちじょう》氏が存在した。

一条氏は応仁《おうにん》の乱以来の、土佐の国守《こくしゅ》。京《きょう》より下向した国司《こくし》大名《だいみょう》で、いわば土佐の主ともいうべき存在だったが、後には長宗我部に下剋上《げこくじょう》され、没落の憂《う》き目《め》にあった。

そんな土佐で、いま、甦ってきているのは、ことごとく長宗我部によって滅ぼされた武将たちだ。なかでも安芸氏と本山氏はその無念の深さゆえか、勢いがある。本山氏はかつて長宗我部が本拠としたこの高知市界隈《かいわい》を根城とし、「七人守護」の怨将たちと激闘を繰り広げているのだという。

「なるほど。この浦戸《うらど》のあたりは、かつて長宗我部様が本山の軍と激しい戦を繰り返したものだからな」

左馬助は本山の雑兵《ぞうひょう》であったという。草間たちが長宗我部の一領具足と聞いて、途端に血相を変えた。

「なんじゃと！　おんしら長宗我部の残党か！」

たちまち起きあがって、そばにあった木刀を握ろうとする。「ちゃちゃちゃちゃ」と嶺次郎が慌てて押しとどめ、

「わしらは戦には参加しちょらんき。刀はひっこめとき」

「信用できるか！」

「信用するもせんも長宗我部様はここにはおらんき。主もないのに戦をする気はない」

草間に言われて、左馬助は警戒がちに刀をおさめた。ほう、と息をつき、

「実はわしも長宗我部様の遺臣《いしん》じゃったがよ」

「なに、おんしもか」

「おう。生前、本山殿が滅ぼされた後、長宗我部に従い、その後、八流《やながれ》の戦で、安芸国虎の軍勢と戦うて討ち死にした」

だから、と左馬助は憎悪を眼にこめ、

「安芸にだけは負けるわけにはいかんちや。あやつらに殺された怨《うら》みを晴らすまでわしは闘いぬいちゃる！」

草間と嶺次郎は顔を見合わせた。なるほど、怨将たちを戦に駆り立てるのは、過去の怨みであるようだ。

「おんしらもそうではないがか！　そがいな強い一念もなく甦りなど果たせるはずがない！」

確かに「浦戸城の大怨霊」と呼ばれた嶺次郎だ。「怨霊」となるからにはそれなりの動機があったはずで、怨みの向かう先には山内一豊《やまのうちかずとよ》がいたはずだったが、こうして肉体を得て甦った今の嶺次郎には、それがない。というより、山内自体がすでに殿様でも何でもなくなっている現代では、その怨みも宙に浮いてしまい、目標を見失っているのだろうか。

（そういえば、わしを怨霊にした怨みはどこへ行ってしもうたがかの）

嶺次郎は真面目《まじめ》な顔で考え込んでしまう。

＊

そんなことをしているうちに、「中川診療所」を頼って集まってきた者は二十人近くにのぼり、ボランティアで世話をしたご近所の老人から、休耕畑を借りることができて、野菜まで作り始めてしまう。まさに元怨霊による自給自足体制ができあがろうとしつつあって、永吉などは先頭を切って盛り上がる一方だ。

「よーし、ここには大根を育てよう！　こっちは茄子《なす》じゃ！」

なまじ半農半兵だった雑兵たちには、農作業などお手の物だ。やけに生き生きとしている同胞たちの明るい顔を見て、ケガも癒《い》えた左馬助はほとほと驚いている。

「考えられん……」

《闇戦国》の殺伐《さつばつ》とした戦に身を置いていた左馬助には、同じ元怨霊の死人が「生き甲斐《がい》」をみつけて畑仕事に励む姿は驚き以外のなにものでもない。

「しかし、これはこれで、ええのかもしれんのう……。のう、嘉田さん」

このごろ、嶺次郎はめっきり無口になった。目の前の光景は和やかではあった。が、嶺次郎は決して畑に踏み込もうとはしない。どころか日に日に鬱《ふさ》ぎ込み、何やら苛立《いらだ》ちを募《つの》らせているのがうかがえる。何が気に入らないのか、今日は突然畑のそばにあった農具を乱暴に蹴飛ばして去ってしまった。そんな嶺次郎に草間は気づいていた。

「おんし、近頃毎晩なにをしちゅう」

活気に沸く畑や診療所に背を向けて、立ち去りかけた嶺次郎を、呼び止めたのは草間だった。

「ゆうべ帯屋《おびや》町の裏手で、ゴロツキと喧嘩《けんか》しちょったろう」

ドキリとして嶺次郎が振り返った。草間はひそかに尾行していたのだ。

「その前の晩も。酔っぱらい相手に喧嘩をしかけちょった。なんをしちょるがじゃ。玄人《くろうと》相手ならばともかく素人《しろうと》に手を出してはいかんぜよ」

「ほっとけ」

「なんを苛《いら》ついちょるがじゃ。中川や岩田のしちょることが気に入らんがか?」

元来へそ曲がりなところがある男だ。しかし、それだけともちがう。決して気に入らないわけではないのだが、この苛立ちは、気持ちを言葉で表すのが苦手な嶺次郎には、少々説明が難しい。

「……まあ、わからんでもない」

草間は畑の方を振り返って遠い眼をした。

「おんしゃ、とびきり天《あま》の邪鬼《じゃく》じゃきの」

「誰がじゃ」

「行き場所のない同胞が多くいる事実はわかった。まあ、なかには楽してメシ喰おうちゅうちゃっかりモンもおるが、草取りひとつ頼んだだけで大仕事を引き受けたがごとく夢中になって働きおる輩《やから》も多い。こがいしてせっかく集まってくる連中を使わん道はない。嶺次郎、おんしにゃ人を使う才覚もありそうじゃ。どうじゃ、嶺次郎。ともに知恵をしぼってみんか」

嶺次郎は驚いて眼をまん丸くしてしまった。そして、神妙な顔つきになり、

「会社でも作るいうがかの」

「わからん。ただ、おんし同様、わしもモヤモヤしちょる」

と草間は真顔になり、

「未来に何ものうては、なぜここにいるかわからなくなるき、わしは長宗我部公のご復活を信じることにした。今は同胞の居所確保に力を尽くし、ご復活の暁《あかつき》には、わしも馳《は》せ参じる所存じゃ」

またしても嶺次郎の胸の奥で何かがざわめいた。苛立ちの正体が摑《つか》めないまま、悶々《もんもん》と日々は過ぎていった。

＊

九月に入ると土佐は台風の季節を迎える。ごうごうと猛烈な風雨にさらされ、翌日には台風一過の青空が広がる。強烈な陽《ひ》ざしが猛暑をもたらしたのは初旬のみで、やがて少しずつ蒸し暑さも台風がさらっていき、台風一過の青空に爽《さわ》やかな秋の風が吹き始めた頃、嶺次郎はふと思い立って、ある人のもとを訪れた。

「まあ、嘉田さんではありませんか」

山間《やまあい》に庵《いおり》を構える不思議者の尼《あま》さん、こと寿桂尼《じゅけいに》は久しぶりに訪れた嶺次郎を朗《ほが》らかに迎えた。ちょうど庭で花を摘《つ》んでいるところで、右腕にたくさん秋の花を抱えていた。

「……花でも活《い》けるがですか」

「ええ。近所の方にお分けしようかと。これは……」

と花の名前を教えてくれる。思えば花の名など嶺次郎はさっぱり知らなかった。

「嘉田さんは、どのお花が好きですか」

「わしか。わしは、これじゃな」

「まあ。曼珠沙華《まんじゆしやげ》」

この季節になると、土佐の路傍《ろぼう》のあちこちで曼珠沙華こと彼岸花《ひがんばな》が群れをなして咲き誇っている。真っ赤な花火を思わせる華やかな姿形、空を行き交う赤トンボ、……嶺次郎の子供の頃から変わらない、土佐の秋の風景だ。

「ちょうど村祭りの頃やったきのう。あの花は死人の花と呼ぶ者もいるが、わしにはちがう。あれは祭の花じゃ。華やかな祭の」

老いた尼僧《にそう》は微笑《ほほえ》んで、嶺次郎を見つめている。

「あがって、お茶でも召し上がれ」

庵の縁側に腰掛けて、ひなたぼっこでもするようにぼんやり庭を眺めた。目の前に広がる棚《たな》田《だ》は実りの季節を迎え、たわわに実って頭《こうべ》を垂《た》れた金色の穂が風に吹かれると、金色の絨毯《じゆうたん》の上を何者かが駆けていくかのごとく波立っていくのだ。

「ここはわしが生きちょった頃とかわらんの」

ぼんやりと呟《つぶや》いた。

「人の多いところにおると、わけもなく苛ついてしまうが、ここは落ち着く。己《おの》が生きた時代に帰った気がするからかのう」

「街に急《せ》かされるからではありませんか」

ちょこんと正座した尼僧は微笑みながらそう言った。

「街の時間に身を置いていると、何かをしなければならない気持ちになってしまうものです。何もしないでいることに罪悪感を抱いてしまう。取り残されたような焦《あせ》るような」

「庵主殿《あんじゅ》もそがいな思いをしたことが？」

ええ、と尼僧は小さな顎《あご》でうなずいた。

「若い頃は都会で仕事をしておりました。職を失ってポツンとひとり街で過ごしていると、ひどく淋《さび》しい思いをしたものです」

「けんど、わしは街におらんでも、畑で働く仲間を見ちょるだけで苛つくがよ」

湯飲みを手に包んであぐらをかいた嶺次郎は、背中を丸めて溜息《ためいき》をついた。

「昔と変わらぬ仲間の姿には落ち着くどころか苛ついて仕方がない。皆のようには楽しめん。わしだけちがうがはなぜかいの」

「嘉田さんはきっと、何かをしなければいけないと思っていながら、何も変わらないでいることが、たまらないのではありませんか」

嶺次郎は驚いた。そういうふうに説明されて初めて自分の心を知った気がした。

「おう、そうなのかもしれん。だが見つからん。わしは怨霊じゃったそうだが、確かに死んだ時は悔しゅうてたまらんかったが、今この胸の中に怨念いうもんは見あたらんぜよ。わしはどうすればええ。どこにいけば、甦った意味を果たしたことになる？　なにをすればこの苛つきが晴れる？」

嶺次郎は疑問を感じ始めてしまったのだ。しかし、どうすればいいか分からない。それが心のモヤモヤの正体だった。

「それはご自分の心をじいっと見つめるほかありません」

尼僧は穏やかにそう告げた。

「あなたが何に喜びを感じ、何に違和感を覚え、何に腹を立て、何に悲しみを抱くのか。ご自分の心をじいっと観察することが一番の近道」

「じいっと、か」

「ええ。じいっと」

子供に言い聞かせるように、寿桂尼は繰り返した。

「あなたは現代を観察してこられたでしょうが、今度は現代を観察したご自分を観察する時なのかもしれません」

観察……、観察か。と嶺次郎はひとりごちた。自分を観察などしたことがないので、どうすればいいのか。

　ぽつぽつと嶺次郎は胸の内を明かし始めた。草間たちの近況にも触れ、中川診療所のことやそこに集まってきた仲間が小さな小さな村を作り始めたことを語ると、尼僧は「まあ、それは面白い」とコロコロ笑った。

「死んで甦った人たちで作った村ですね。ステキ」

　生き人のくせにそれを面白がる神経が、嶺次郎には不思議だったが、

「どこに行くにしても、仲間が集まるのは心強いこと。お互いに話をできるのはよいこと」

「………。のう。おんしはわしらにあの世に行けとは言わないが、なぜじゃ」

　尼僧はニコニコ笑うだけで答えない。

　そうそう、と手を打ち、

「あなたがたの家ができたのなら、ぜひ仲間にくわえてほしいひとがいるんです」

　こちらへ、と言って寿桂尼が嶺次郎を仏間に招いた。庵にはささやかな須弥壇《しゅみだん》……というよりは仏壇《ぶつだん》があり、小さな厨子《ずし》が安置され、そこで毎日お勤めをしている。着座した寿桂尼は朗々と読経《どきょう》して、嶺次郎も一通りつきあった。やがて壇から小さな厨子を取りだして、嶺次郎へと中身を開いて見せた。

「これは」

　厨子の中にあったのは童子の姿の仏像だ。しかもガラスでできた珍しい童子像だ。合掌《がっしょう》した

手に独鈷杵《とっこしょ》を挟み、斜め掛けの衣《ころも》にもんぺ姿のような出立《いでた》ちは、いかにも南方の装束だ。

「こちらは矜羯羅《こんがら》童子といいまして、お不動様の眷属《けんぞく》とされる八大童子のひとりです。元は八人全《すべ》て揃《そろ》っていたのですが、全て破損して、こちらの一体だけが残りました。ガラスでできた童子像は珍しいので〝びいどろ童子《どうじ》〟と呼んでおります」

「びいどろ……童子？」

「はい。実はこのびいどろ童子の中には、あなたがたと同じ死人の霊が封じ込まれているそうです」

嶺次郎は目を丸くした。

「この中に、死人の霊が？」

「はい。私はこちらの像を、前のお寺にいたときに或《あ》る古い末寺の和尚《おしょう》様からお預かりしたのですが、なんでも、昔、そちらの村でひどい悪さをした怨霊を、当時の和尚様がこの仏像に封じ込んだのだとか」

ぷっくりとした頬《ほお》があどけない童子像を、我が子を腕に抱くようにして尼僧は見つめ、

「……回向《えこう》のために本山に置かれていたのですが、私はこの童子が可愛《かわい》くて、とうとう置いていけずにこの庵《いおり》まで連れてきてしまったのです」

はあ、と嶺次郎は聞いているばかりだ。尼僧はその童子を抱えて、

「よろしければ、嘉田さん。この子もあなた方の仲間にしてはいただけませんか」

「仲間、ですか」

「ええ。きっと一人淋しくしていたのだと思います。皆様といっしょならば、この子も喜ぶのではないかと」

とは言われても、中身は得体の知れない怨霊だ。いくら嶺次郎も元・怨霊とは言え、誰かに憑依でもしているならばともかく、この状態では意思の疎通《そつう》もままならない。

だが、ぜひに、と言われ、彼女の頼みでは嶺次郎も断れなくなった。

「わかりました。大切にお預かりいたします」

とやけに神妙に答えて、童子を受け取った。ちょうど赤子ほどの大きさの童子は、抱くと腕の中にすっぽりと収まった。抱き心地も赤子のようで、彼女が手放せなかった理由も、なんとなくわかった気がした嶺次郎だ。

尼様は満足そうだった。赤子のごとく、おくるみにくるんで、嶺次郎は庵を後にした。

＊

しかし、どうしたものか。

寿桂尼のたっての頼みを聞いて、隠れ家と呼んでいる家に持ち帰った嶺次郎は、とりあえず今は何も置いていない仏壇（家主が絶えた後も放置したままだった）に据《す》えてみたものの、扱いに困った。仲間にしてくれとは言われたが、何をどうすれば仲間と呼べるかわからない。どこぞのガラス職人が作ったものだろうか。透けて見える向こうの景色は摩訶《まか》不思議にひしゃげている。こんなものの中に、本当に霊が封じられているのだろうか。

「へえ、これが噂の〝びいどろ童子〟ですか」

話を聞きつけて、中川も覗きにやってきた。木製や銅製と違い、抱くと懐《ふところ》で温められて、ひんやりしていた表面が、ほんのり熱を帯びて温かくなる。ラムネ瓶《びん》を思わせる、滑らかなガラスの表面も、なんとも人肌を思わせる。

「かわいいですね。博多《はかた》人形のようです」

「中におるがは獰猛《どうもう》な怨霊じゃ。全《まった》く、面倒なもんを押しつけられたもんじゃ。いくらわしらと同類とはいえ」

単に厄介払《やっかいばら》いだったのではないか、と疑り深い嶺次郎はついつい勘《かん》ぐってしまう。

「でも今は悪さをしていないのでしょう？　なら我々の守り神として大切にしては」

「わからんぞ。夜になったら、いきなり襲いかかってこんとも限らん」

「はは。嘉田さんらしいですな。なら責任をもって見張っちょってくださいよ」

朗らかに診療所に戻っていく中川には目もくれず、嶺次郎はあぐらをかいたまま、睨《にら》み合っている。……獰猛な怨霊というからには、よほど凄惨《せいさん》な死に方をした霊だったのだろう。

（このわしよりもか？）

嶺次郎はこのごろ、自らの「最期《さいご》」の記憶を辿《たど》るようになった。浦戸《うらど》一揆《いっき》で迎えた最期、敵兵の槍《やり》を横腹に受け、さらに背中から受け、それでも刀を振りかざして抵抗した記憶はあるが、その後数名からくらった槍に串刺《くしざ》しされて倒れ込んだのが最期、二度と立ち上がることはできなかった。

(こがいなところで)

(死んでたまるか)

細くなる息の下で意識が暗くなるまでただ一心に念じていた。どしゃ降りの雨に打たれ、顔を泥に伏し、……。

「のう、おんしはなぜ怨霊になぞなった」

びいどろ童子に嶺次郎は問いかけた。

「わしは戦で死んだ。おんしは誰ぞに酷《ひど》い目にでも遭《あ》わされたか」

びいどろ童子はあどけなく微笑むだけで答えない。確かにただのガラスの置物ではなく、生身の温《ぬく》もりを感じるから、誰かの霊魂が封じ込められているというのは本当なのだろう。眺めていると不思議に心が和むが……。

(ほんとうにこやつは怨霊か?)

尼僧に言われたように、毎日、あんこをお供えするのは嶺次郎の役目となった。びいどろ童子はあんこが大好きなのだそうだ。封じ込められた時も、実はあんこに釣られたとか。

こうして、よみがえり者の村もなんとなく軌道に乗りだした頃、ある事件が起きた。

第三章　竜と馬と鯨

台風の季節を過ぎ、秋の長雨が続いていた。

「こう降られては畑仕事ができんのう」

軒先から滴《したた》る雨粒を眺めて、永吉《えいきち》がぼやいている。そんな時は晴耕雨読《せいこううどく》ではないが、中川《なかがわ》の言いつけで文字の読み書き練習に励む男たちだ。畑仕事と近所の手伝いと中川診療所を掛け持つ「よみがえり者」たちの村では、皆が三つの班に分かれ、当番制でそれぞれの仕事に励んでいた。

「廃品回収の能率も落ちてますのう」

と帳簿に向かうのは斐《ひ》川左馬助《かわさまのすけ》だ。彼は読み書きそろばん全《すべ》てに通じた、なかなかの俊才だ。腕も立つし頭もいいので、皆から一目置かれていた。

「4t《トン》トラック一台より軽トラ二台で回る方が機動力が出てよいのですが、なんとかなりませんかね。嘉田《かだ》さん」

「車を動かせるがは、わしと草間《くさま》さんと永吉くらいしかおらんきのう」

新しもの好きの嶺次郎《れいじろう》は、その後、ばっちり車の運転までマスターしていた。しかも草間と永吉は憑坐《よりまし》がすでに免許を所持していたので、警察官に呼び止められても問題ナシだ。

「西村《にしむら》が始めた皿鉢《さわち》料理の出張サービスも出足好調ですし、買った株の相場もあがっちょりますき、そろそろ設備投資を広げてみてもよいのでは」

「ほじゃのう……。設備投資もええが、各々《おのおの》の技能修得のほうが先じゃの」

などとやりとりをしていた嶺次郎は、ふと何げなく仏壇《ぶつだん》のほうを見やった。おや、と思ったのはびいどろ童子《どうじ》の雰囲気《ふんいき》がいつもと違う気がしたからだ。

(何か訴えちょる?)

「嘉田さん！　外の様子が変じゃ！」

飛び込んできたのは真木《まき》だった。

「何か気味の悪い蒼白《あおじろ》い炎が、たくさん畑をとりまいちゅう！」

「なんじゃと！」

嶺次郎たちは雨の庭へと合羽《かっぱ》も羽織らず、飛び出した。暗い雨のそぼふる畑の向こう、山林の草むらに、たくさんの炎が浮いている。

「ひ、人魂《ひとだま》──っ！」

永吉が叫んで嶺次郎の後ろに隠れた。自分も死人《しびと》のくせにお化けのたぐいが大の苦手なのだ。騒ぎを聞きつけて草間と中川も駆けつけた。

「鬼火か……」

雨の中でも消えない。しかも数は徐々に増していき、取り巻く不穏《ふおん》な空気はますます濃くなっていくのだ。そうこうするうちに、ガシャ、という耳慣れた音が奥からあがった。

（今のは）

「で、でたーっ！」

草むらの向こうから現れたのは鎧武者《よろいむしゃ》の姿をした怨霊《おんりょう》だ。具足《ぐそく》の音を立てながら、次から次へと現れる。しかし鎧武者たちに実体はない。生きた肉体には憑依《ひょうい》していない純粋なる霊体だ。嶺次郎たちは辺りを見回した。暗がりから現れ始めた鎧武者の怨霊たち、その数、二十体。

「な、なんじゃ、おんしら！　迷うたかッ。早よ成仏《じょうぶつ》せい！」

「落ち着け、永吉。向こう様もおんしに言われる筋合いはないと思うちょるぞ」

「……これが死人の村いうやつか」

鎧武者たちの向こうから、今度は、生身の人間の声があがった。草を踏んで現れたのは、嶺次郎たちより幾《いく》らか年上の、男だ。演習中の自衛隊員かと思うような格好をしている。

「なんじゃ、おんしゃ」

威嚇《いかく》する嶺次郎たちを横目でチラと見て、

「ほほう。立派な畑じゃの。さすがは土佐《とさ》の郷士《ごうし》ども、戦場《いくさば》働きよりも野良《のら》仕事のほうが似合うちょるわい」

「なんじゃとーっ！　百姓を馬鹿にするな！」

「いま郷士と言ったか」

　嶺次郎は聞き逃さなかった。

「おんし、山内《やまのうち》の上士《じょうし》じゃな」

「弱いもんは弱いもん同士、よみがえってきても仲良く土いじりとは。郷士風情《ふぜい》の考えつきそうなことじゃ」

「ごーしごーし、言うなや！　わしらは土佐の一領《いちりょう》……ッ」

　いきり立つ永吉を止めたのは、意外にも中川だった。

「出ていってもらえませんかのう。ここはあんたら上士の来るとこと違いますき」

　いつになく中川の表情が険しい。目を据《す》わらせて暗く睨《にら》み付ける顔つきにはやけに不穏なものがあり、嶺次郎は怪訝《けげん》に思った。

「わしらとて、郷士ばらの畑になんぞ足踏み入れたくはないが、こがいな好き勝手を山内の領内でさせておくことは見逃せないきのう」

「なにィ！」

「おとなしくこの畑ごとわしらに明け渡し、我が配下につけ。郷士ども。この山内家家臣・倉《くら》田庄左右衛門《たしょうざえもん》の家来につくがじゃ」

たちまち一同いきり立ちかけた。が、それを制したのは草間だった。

「いやじゃち言うたら」

「力ずくじゃ」

ゴゴ、と低いエンジン音が聞こえて、反対側の農道からブルドーザーが現れた。

「な、なにをしゆうが！」

大きなキャタピラで畑に乗りこんでくる。騒ぎを聞きつけて飛び出してきた他の仲間が慌《あわ》ててブルドーザーを止めようと走り寄ったが、畦《あぜ》の向こうに身を潜《ひそ》めていた者たちが、そうはさせんとばかりにヌッと姿を現した。手に手に刀やら猟銃《りょうじゅう》やら竹槍《たけやり》やらを握った四、五十人ほどの男女だ。中には見知った顔もいる。ご近所の住人だ。皆、憑依されていると気づいた。

「おのれ、斎藤《さいとう》さん（ご近所さんだ）にも憑依しちゅうがか！　出て行け！」

「山内の領内を荒らされては、藩祖・一豊《かずとよ》公に申し訳が立たぬのじゃ！」

「なにぃっ！　山内一豊まで復活しちゅうがか！」

（では、あの鎧武者どもは）

その通りだ。死んだ同胞たちだというわけだ。そもそも山内はこの土佐《とさ》を力で手に入れたわけではない。徳川《とくがわ》幕府の転封《てんぽう》政策によって、植え替えられた大名だ。これに抵抗した浦戸《うらど》一揆《いっき》の面々は、土佐の各地で戦ったが、多くは討ち取られ、生き残った者は山内への帰順を迫られた。

「こん、べこのかあどもめ。死んでまで山内に従いよるとは」

嶺次郎のみならず、草間や永吉、それに中川も目に憎悪を滾《たぎ》らせている。

「ゆるさん、ゆるさんゆるさんゆるさん！」

敵を追い出せ！

皆の思いがひとつになった瞬間、わあっ、と怒声があがって、嶺次郎たちは山内の者たちに襲いかかっていた。鎧武者たちが躍りかかり、憑依された住民たちも目の色を変えて駆け込んできて、大混乱になった。

「猟銃をとりあげろ！」

「ブルを止めるがじゃ……！」

「おい、それは小山《こやま》さんとこのばあちゃんじゃ！　憑坐には手をあげるな！」

「手をあげんでどうやって止める！」

雨の中、泥《どろ》だらけになりながら、畑を守ろうと皆が戦う。嶺次郎も鎧武者相手に果敢《かかん》に挑みかかった。霊体相手にはモノを投げつけたり武具で攻撃したりは通用しない。永吉から習った念を繰り出すのが一番効果的だということにも気がついた。

だが予想以上に敵のほうが強い。畑を荒らされ、仲間は倒され、嶺次郎も鎧武者どもに圧倒されて泥の中に倒れ込んだ。しかも幾体かの怨霊が憑《と》りつく体を得ようとして嶺次郎の体に入り込んでくるではないか。肉体を奪われまいと抵抗するので精一杯だ。

（いかんちや）

これが怨将《おんしよう》の力というやつなのか。まるで歯が立たない。歯を食いしばると口の中に泥の味がした。それが嶺次郎の奥底から遠い何かを呼び覚ました。

（いかんちや）

（いかんちや）

（いかんちや）

吠《ほ》えた。

頭の中で何かのネジが吹っ飛んだ。頼りないネジで留めていた薄っぺらい蓋《ふた》が、猛烈なガスをくらって吹っ飛ばされた。その下に抑《おさ》え込められていたのは、煮えたぎるような憤怒《ふんぬ》の念だ。

そこから自分がどうなってどう叫んでどう暴れたか。もう思い出せない。なぜあんな薄い蓋で自分を抑え込めておけたのか。蓋の下で滾《たぎ》るマグマが、外気に触れて激しく爆発した。泥の味が思い出させた。情念剝《む》き出しの怨霊だった頃の感覚だ。肉体という容器《いれもの》を得たからそのサイズに合わせようとして、自らを小さくしてしまったのだろうか。

（いかんちや）

生きることのほうが死であるという真理を嶺次郎は身を以《もつ》て知った。この情念を見失うくらいなら終わりと一緒に消えたほうがマシだったのに。いまここにいる意味を探ろうなどと考えるほど、腐らされてしまっていたのだ。泥が飛ぶ。泥がはねる。倒れていた鍬《くわ》を握り、鎧武者どもめがけて振り下ろす。

「うおおおおおおおおおおお！」

カッ

と背中で閃光《せんこう》がほとばしった。背中に灼熱《しゃくねつ》を感じ、振り返った嶺次郎めがけて闇《やみ》から何かが駆けてくる。

炎のかたまりだ。

いや、金色の炎をまとう人間だ……！

気がついたときには、泥の中に仰向《あおむ》けに倒れ込んでいた。闇《やみ》に包まれた雲から黒い雨が全身を叩《たた》いていた。すでに山内の連中は撃退したあとだった。あれだけいた鎧武者も全部いなくなり、畑のわきでは憑坐にされてケガをした住民達を手当てすべく「診療所」の面々がおおわらわで走り回っていた。

暗黒の雨が降り注ぐ雲を、朦朧《もうろう》と見上げていた嶺次郎を覗《のぞ》き込んだのは、草間だった。

「目が覚めたか。嶺次郎」

敵が片づいたなら、一緒に母屋《おもや》に運んでくれればいいのに、畑の真ん中に嶺次郎を放置していたらしい。大の字になったまま、

「……いかんちや……」

泥にまみれて、雨雲へと呟《つぶや》いた。

「どうにも、こりゃあ、いかん」

「なにが、いかん」

「思い出した」

口の中にある泥を、吐き出さずに嚙《か》みしめた。この味だ。この泥の味。泥の味が嶺次郎に思い出させた。

ひとつめの泥の記憶は、まだ幼《おさな》かった頃だ。貧しかった嶺次郎の村の近くで戦《いくさ》が起きた。戦場にほど近かった嶺次郎の村は、敵の雑兵《ぞうひょう》達の乱取《らんどり》に遭《あ》い、略奪《りゃくだつ》の限りを尽くされて、収穫したての米は奪い尽くされ、男は殺され、女は連れ去られ、村は火をかけられて無惨に焼け落ちた。幼かった嶺次郎はただ独《ひと》りで逃げまどい、近くの沼に身を沈めて、どうにかやり過ごした。嶺次郎は恐怖に震えた。頭のすぐ上を飛び越えていく馬の腹が忘れられない。後ろ足で蹴《け》った泥をまともに顔に浴びた。あのとき嚙みしめた泥の味。

（いかんちや）

子供心に強く思った。父を殺され、母と姉を奪われ、強くなければ何もかも奪われる。子供心に刻み込まれた危機感は、その後の嶺次郎の人生に常についてまわった。その後、隣村に住む、貧しく子のない一領具足《いちりょうぐそく》の家に引き取られた。それが嘉田《かだ》家だ。

ふたつめの泥の記憶は、成人してからのことだ。豊臣秀吉《とよとみひでよし》が四国征伐《しこくせいばつ》に攻め寄せた戦場で、城を落とされ、落ち武者《むしゃ》となって敗走した時のこと。どしゃぶりの中、飢えて、獣《けもの》のようになった嶺次郎の前を、きらびやかに飾り立てた秀吉軍が過ぎていった。飢えを凌《しの》ごうと秀吉方の陣に食い物目当てで忍び込み、見つかって逃げて田んぼに転げ落ちた。

泥だらけになりつつも、握り飯だけは手放さなかった。久しぶりに食べた白い飯は泥が染《し》みて真っ黒になっていた。砂利《じゃり》ごと貪《むさぼ》りながら、ふと、溜池《ためいけ》に映る自らの姿を見た。満月を映す池は鏡のようだった。そこに映る、みすぼらしい物乞《ものご》い男。それが自分だった。

（いかんちや）

同じ雑兵でもこの落差はなんだ。秀吉軍の雑兵のきらきらしさ。四国一強いと思っていた長宗我部《ちょうそかべ》なぞ、あまりにみすぼらしい。そんなみすぼらしさの中で足掻《あが》いたところでどうなるというのか。どこも泥沼。這《は》い上がるどころか泥の底。目の前の飯粒のためにかけずりまわり挙句《あげく》がこれだ。

高知《こうち》の盛り場で見た、郷士の若者と同じだった。小銭を拾うあの姿は、泥につかった飯粒をつまみあげては口に運ぶ、己《おのれ》の姿だったのだ。

思い出した。

いつもあの泥の中から這い上がりたいと願っていた。だが何をすれば這い上がれるかわからなかった。「いかんちや」が口癖になった。

最後の泥の記憶は、死に際《ぎわ》だった。敵兵に斬《き》られて倒れ伏したのは泥の上。最期《さいご》の最期まで泥の味から逃れることができなかった自分。

（わしは……）

「おんしゃ、あと少しでやられるところやったがよ、嶺次郎」

草間に言われて、嶺次郎ははっと我に返り、飛び起きた。

「やられかけた？　このわしが？」

「おう。だが助けに入ったもんがおった」

「助けにじゃと？　誰じゃ！」

来い、と草間が手招きした。嶺次郎は泥だらけのままついていくと、草間は仏間の厨子《ずし》を指さした。

「あれじゃ。嶺次郎」

さした先には、「びいどろ童子」がある。嶺次郎はポカンとなった。

「金色の炎がこの母屋から吹きだして、山内の手勢を倒したがよ。しかも近所の御方々に憑依しちょった連中も、吹き飛ばされてもうた。すごかろう？」

「まさか……、この『びいどろ童子』が撃退したゆうがかの」

「それ以外に考えられん。どうやら凄《すさ》まじい仏力《ぶつりき》を擁《よう》した童子様のようじゃ」

ガラスでできた体は丸みを帯びて、姿形は小さな子供のそれだ。小首を傾《かし》げるようにして斜め上を見上げている。あどけないことこの上なくて、とてもそんな凄まじい力を持っているようには見えないが。

「さすが庵主様《あんじゅ》が帰依《きえ》なされておった仏は違うのう。矜羯羅童子《こんがらどうじ》というたか。確か不動明王《ふどうみようおう》の眷属《けんぞく》と聞いたが、仏はわしらの味方いうことかいの」

「いや、草間さん……、この童子はの」

怨霊が封じこまれていることを、まだ話していなかった。

「なんじゃと？　死人の霊魂が？」

草間は意外そうに「びいどろ童子」を改めて見つめ、

「ほほう。仏のごとき力をもつ霊魂か。だとすればよほど凄まじい怨念《おんねん》を抱いた霊にちがいない。もしかすると郷士の怨霊かもしれんの」

「郷士の？」

「おう。相手が山内の上士やったき、あのように怒れる力を放ったとも考えられる。あれは怨《えん》嗟《さ》の炎でなければ、まさに不動明王の纏《まと》う火焔光《かえんこう》じゃ。敵の怨将を焼き尽くしたのう、嶺次郎。と声をかけてきた草間は険しい顔に戻っている。

「わしらは怨将どもの戦を甘く見ちょったかもしれん。死人が集まれば否応《いやおう》なく巻き込まれる。従わねばいずれ潰《つぶ》される。生き残る方策を探らねばならんの」

「わしもそう思うちょったところよ。草間さん」

荒らされた畑を悔《くや》しそうに睨んで、嶺次郎は呟いた。

「わしら生きちゅう時は、強いモンにつくが何より身を守り、家を守り、貧しさから脱する唯一《ゆいいつ》の術《すべ》と思うちょった。ほじゃき、強い殿様を求めもした。じゃが――」

嶺次郎には見えたのだ。泥の味が教えてくれた。先祖の土地を守って土を耕すだけが生きる術ではなくなった今、他に道はあるはずだ。あの先に行く道はあるはずだ。

「怨将どもはどうやら、わしらがこの郷《さと》で誰にも従わず暮らしちょることも、そう簡単には認めてくれんようじゃ。ならば不服従の心意気、見せつけてやらねば」

「おう。わしも、長宗我部様以外に従うつもりは毛頭《もうとう》ない」

嶺次郎と草間は顔を見合わせた。怨将不服従。考えるところは一緒だ。怨将には屈さない。

自分たちの居所は自分たちで作りだし、自分たちで守る。

(強き者など、あてにはせん。誰の力も借りず、己の足で這い上がってみせる)

＊

山内の家来・倉田某《なにがし》の手勢に荒らされた畑を前に、茫然《ぼうぜん》と立ち尽くしていた永吉たちは、せっかく収穫できるところまで育て上げた作物の無惨な姿をみて、落ち込みも深かったが、立ち直るのも早かった。畑を耕し直し、壊された家屋も修理した。

それから自衛のための訓練が始まった。指揮をとるのは嶺次郎だ。いかにすれば怨将を撃退できるか、そこが難問だ。まずは個々の力をつけること。念を扱う訓練をし、永吉が生前得意としていた臼碆《うすばえ》流拳法《けんぽう》を叩《たた》き込み、もちろん剣術も怠《おこた》らない。警備のための仕組みも必要だ。頭を悩ませているところに、斐川左馬助が本山《もとやま》勢から或《あ》る男を引っ張ってきた。

「こちらは、川村《かわむら》殿。霊武具つくりの職人じゃ」

霊石の加工や念を使った霊武具作りに携《たずさ》わる人物で、元は鉄砲職人だったという。その知恵を生かして雑兵の村を自衛する仕掛けつくりを手伝ってくれるのだという。

「いま、念鉄砲《ねんでっぽう》というものを開発しちょるところでしてな。念を弾《たま》にして撃つ火《ひ》縄銃《なわじゅう》じゃ。実用できれば、おんしらには百人力のはず」

「ありがたい。ぜひ頼む！」

中川診療所も大繁盛《だいはんじょう》だ。その後、せっかく開業したのだから、と患者を死人だけでなく現代人にまで広げたところ、これが口コミで広がって往診《おうしん》の予約もびっしりだ。現代人からは治療費もとるようにしたので、中川は立派な稼《かせ》ぎ頭《がしら》になった。

「往診行ってきます、嘉田《かだ》さん！」

おう、と嶺次郎が手をあげると、中川はカバン持ちの一蔵《いちぞう》と一緒に車に乗り込んでいく。

「まさか死んだ人間が診《み》ちゅうとは思いもせんじゃろのう」

中川を乗せた車と入れ違いに、農道のほうからバルンバルンと大きな排気音を轟《とどろ》かせ、バイクの集団がやってきた。これには嶺次郎も驚いて、敵の襲来か！　と腰を浮かせた。アメリカンタイプの大排気量バイクを操るのは、素肌の上に鋲《びょう》のついた革《かわ》ベストを着込んだ中年ライダーたちだ。ドドドドと重低音で吠《ほ》えるエンジンを止め、

「たのもう！」

と先頭の中年男が言った。褐色《かっしょく》によく焼けた肌に白い歯が眩《まぶ》しい五十代くらいの男だ。引き連れている面々も中年暴走族かと思うほど皆、派手な出《い》で立《た》ちをしている。

迎え撃たんと手に手に武器を持って郷の雑兵たちが飛び出してきた。「まずは手を出すな」と皆を戒《いまし》めて、進み出ていったのは草間《くさま》だ。中年イージーライダーズのボスとおぼしき男は、ヘルメットをとり、

「おんしらですかい。山内の上士をひとひねりした、ちゅう雑兵軍団は」

「……おう。おんしゃ何者じゃ」

「わしの名は染地伸吾《そめじしんご》。元・土佐《とさ》勤王党《きんのうとう》の一員です」

土佐勤王党？　と草間が怪訝《けげん》に問い返すと、隣にいた真木《まき》があっと声をあげた。

「まさか、おんしら幕末の！」

こくり、と染地はうなずいた。嶺次郎たちは戦国時代の人間だから知る由《よし》もなかったが、情報通の真木は土佐の来《こ》し方についてもしっかりと学んでいたのだろう。

「この人らは我らよりも二百年ほど後の時代の死人です。徳川の御代《みよ》がまさに終わろうとする

頃の」

「二百年後の死人？　どういうことじゃ」

「そりゃあ、わしから説明いたしましょう」

　染地と名乗る男が太い声で言い放った。

「土佐勤王党は、武市瑞山《たけちずいざん》先生を中心に、この土佐の地から日本を変えるべく立ち上がった尊《そん》皇攘夷《のうじょうい》の志士《しし》の集まりのことです」

「そんの──……じょ──い……？」

「わしらの生きた時代の思想です。我が国に開国を迫り、一方的に不平等条約を結ばせた横暴なる西洋列強どもを追い払い、幕府を廃し、朝廷の権威復活によってこの日本を立て直そうちゅう考えのことです。わしらは志士と呼ばれ、天子様（天皇）に忠義を尽くし、腰抜け幕府を打倒すべく戦うたがです。土佐の勤王党員はほとんどが郷士の出で、わしらの仲間じゃった者たちは後についに幕府を倒し申した」

「なに。郷士とは長宗我部の家臣の子孫か。おんしらが徳川を倒したがか！」

「はい。徳川に政《まつりごと》を返上させ、二百数十年にわたる幕府の治世を終わらせた、大政奉還《たいせいほうかん》の立て役者・坂本竜馬《さかもとりょうま》は我らの仲間でした」

「坂本竜馬！」

　声をあげたのは草間と斐川だった。勉強家のふたりはその名を聞き知っていたのだ。

「だれじゃ。そのリョーマちゅう輩《やから》は」

「桂浜《かつらはま》に大きな銅像があったですろ。あの者のことじゃ」

ああ、と嶺次郎も思い出した。桂浜の公園から太平洋を睥睨《へいげい》する袴《はかま》姿の男の、大きな銅像。

「そうかァ！　おんしら、あのリョーマの仲間か！」

「はい。坂本も郷士の出でした。土佐を脱藩《だっぱん》して日本中を駆け回り、ついには誰もが不可能と思うちょった薩長《さっちょう》の手を結ばせた素晴らしき〝いごっそう〟です。わしらの誇りじゃ」

〝いごっそう〟とは土佐方言で信念を曲げない気骨ある人物のことを差す。「だっぱん」も「さっちょう」も嶺次郎には何のことやらわからなかったが、何か大事を成した人物だということだけはひしひし伝わった。

「わしらは勤王の志士として働き、倒幕を見届けずして死に申した。現代に甦《よみがえ》ってきて怨将とやらの戦に巻き込まれかけちょったが、山内の怨将を倒したちゅう雑兵集団がいると聞いて、いたく感銘を受け、仲間に加えていただこうと馳《は》せ参じた次第です」

「そうか。おんしらは郷士やったきのう」

山内藩政下で、下級藩士として不当に低い扱いを受けてきた者たちだ。

「主君・山内容堂《ようどう》は、わしらの首領・武市先生の仇《かたき》です。勤王の勢いがあるときは勤王の旗を振りながら、尊攘《そんじょう》の雄《ゆう》・長州《ちょうしゅう》が敗れた途端、わしら勤王党を弾圧しよった」

染地自身もその弾圧によって命を落としたひとりだった。

「……そうじゃったか。そりゃあ、さぞかし無念じゃったろうの」

染地たちは共感の言葉が嬉《うれ》しかったらしい。土佐の一領具足である嶺次郎たちは染地たちにはご先祖にあたる人間だ。

「いや！　我らは土佐の一領具足の誇りを忘れちょりませんでしたき！　山内に頭押さえつけられちょった悔しさと誇りが、生き残った者に継がれ、この日《ひ》の本《もと》を変えたがです！」

染地はバイクから降りてきて、外見は年下に見える草間たちのもとに歩み寄った。

「我ら郷士のご先祖・長宗我部の一領具足どの。わしらを仲間に加えてつかあさい。幕末を生きた人間は皆〝いごっそう〟どもです。共に山内や他の怨将を蹴散《けち》らしましょう！」

「おう！　わしは異論ない。どうだ皆の衆！」

振り返った草間に、真っ先に返った声は、染地たちの背後からあがった。

「異論ありません！」

中川だった。不穏なバイク集団とすれ違ったのが気になって、引き返してきたところらしい。話を聞いて真っ先に賛成した。

「この土佐を上士から取り返すがじゃ。郷士を虫けら扱いした上士を、共に倒しましょう！」

普段穏和な中川が目に怒りを滾《たぎ》らせて拳《こぶし》を振り上げる。その強硬な口調には嶺次郎が違和感を覚えたくらいだ。

他の者にも異論はない。意気投合した草間は染地たちを迎えることになった。盛り上がる一領具足の郷で、しかし、と首を捻《ひね》ったのは永吉だ。

「なんで、おんしら、わしらがここにおることを知った？」

「導かれたがです」

「導かれた？」

はい、と染地がうなずいた。

「不思議な童子が我らの前に現れて、わしらをここまで連れてきてくれたがです」

「童子じゃと？　童子が現れたがか」

「はい。金色の炎を纏《まと》う童子です。あどけない顔をした」

まさか、それは！

嶺次郎が染地を無理矢理引っ張って母屋に連れていき、仏間にあがって「これのことか」と厨子を開けようとしたそのときだ。

「！　……これは」

仏壇にてんてんと、小さな足跡がついている。小さな小さな、小指の先ほどの足跡だ。厨子から出て、戻ってきたという感じだった。もしや、と思って厨子を開けた嶺次郎は、中に安置してあった『びいどろ童子』の足元が泥で汚れていることに気づいた。

「な、なんじゃこりゃ」

「おお、ここにおったがですか」

染地には何か感じ取れたのだろう。

「この童子じゃ。間違いない。わしらを導いてくれたのは、この童子じゃ」

＊

『びいどろ童子《どうじ》』がやって来てから、なんだか一領具足《いちりょうぐそく》の郷《さと》には不思議なことが起き通しだ。荒らされた畑に種を蒔《ま》き直した作物が、驚くべき速さでグングン育ったり、涸《か》れた井戸に水が湧《わ》いたり、どこぞの怨将《おんしょう》が偵察《ていさつ》に差し向けた付喪神《つくもがみ》を撃退したり……、と今ではすっかりこの郷の守り本尊となってしまった。

しかも時々どこかから仲間をつれてくるらしく、新入りが来る時は必ず、厨子《ずし》の前に足跡が残っているのだ。

（いったい何者の霊なんじゃ。これは）

「案外、坂本竜馬《さかもとりょうま》かもしれませんよ」

と言ったのは、中川《なかがわ》だった。「往診《おうしん》」の帰りに立ち寄った桂浜《かつらはま》でのことだった。公園の高台にそびえ立つ、竜馬の銅像。懐《ふところ》に右手をさしこみ、潮風に吹かれるようにして、大海を見つめている。その足元から銅像を見上げて、中川は眩《まぶ》しそうに手を翳《かざ》した。

「なにィ。『びいどろ童子』に封じ込められた怨霊はこの坂本いうがか！」

「だって、元・郷士《ごうし》ばかりつれてくるではないですか。竜馬も商人をやっていた郷士の子だったといいますし」

「しかし家は藩に金を貸すほどの商家やったき、貧しくはなかったと聞くぜよ」

嶺次郎《れいじろう》もあれから竜馬のことが気になって色々あたってみたのである。この高知では竜馬はヒーローだ。調べようと思えば幾らでも調べられたし、なんといっても桂浜には坂本竜馬記念館まである。

「……ですね。竜馬は京《きょう》で殺されたそうですし、魂《たましい》は故郷の土佐《とさ》に戻ってきちょるがではないですろ」

「だが、庵主《あんじゅ》様は『びいどろ童子』には怨霊が封じ込められちょる言うたぞ」

松をざわめかす海風に吹かれて、嶺次郎も竜馬の銅像を見上げた。

「この坂本が怨霊になった……？」

まあ、確かに暗殺された竜馬は無念だったかもしれない。だが解《げ》せん、と嶺次郎は言うのだ。

「怨霊になるような男とは思えんのだがの」

「痛快ですね。郷士の子孫が徳川《とくがわ》を倒したがですね。わしゃ嬉《うれ》しいです。長宗我部《ちょうそかべ》を潰《つぶ》した徳川を、我らが子孫が二百数十年後に倒すとは。わしらの無念も、報《むく》われる気がします」

「わしが死んだこの浦戸《うらど》に、そがいな男が立っちょるのも、不思議な気分じゃ」

一領具足の無念の地だ。同じよそから移ってきた殿様でも、山内《やまのうち》とは違い、仙台《せんだい》から南伊予《みなみいよ》の宇和島藩《うわじまはん》にやってきた伊達《だて》公は、地元との融和《ゆうわ》を図ろうと励み、見事成し遂《と》げたときく。

まあ、尤《もっと》も、土佐人の政治好きは昔からだった。土佐の一領主だった長宗我部が四国《しこく》を平定し、都と関《かか》わりを持つに至って、その直属たる一領具足たちの視野まで広げた。その道程《みちのり》に直接関《かか》わり続けた彼らの間では、すでに国政を語る風土ができていた。そんな口うるさく批評眼の肥《こ》えた厄介《やっかい》な地元民を、掛川《かけがわ》から来た余所者《よそもの》である山内《やまのうち》が治めるのは、ただならぬ労苦であったことは、容易に想像がつくのだ。

嶺次郎よりも、草間《くさま》や斐川《ひかわ》たちのほうがそんな一領具足の典型だろう。大局観をもつ雑兵《ぞうひょう》などというものを知らず育て上げた長宗我部は、いまごろ地下で唸《うな》っているにちがいない。

「染地《そめじ》さんの話からも、そんな気風が二百年後まで死なず受け継がれたことがわかります。幕府が倒れた後も、この土佐の地では大きな運動がわきおこった」

自由民権運動と呼ばれる近代思想の、先駆となって土佐は熱く燃えたと聞く。

「この世の有様を見ていれば、わしらは充分、仇をとったといえるのかもしれんが、それを見た後も、なにか胸がくすぶる……」

切なそうに海を見つめる中川だ。ここしばらく、憂鬱《ゆううつ》げな顔を見せるようになったのを、嶺次郎も気にしていた。

「……。波打ち際《ぎわ》にいかんか」

嶺次郎に誘われて、二人は高台から降りてきた。波打ち際で五色石《ごしきいし》を拾い集めながら、中川は切なそうに潮の音を聞いている。よみがえって憑依《ひょうい》した嶺次郎が最初に意識を取り戻したのも、この桂浜だった。

のう、と声をかけていったのは嶺次郎だった。

「おんしも、上士に怨《うら》みを持っちょるクチか」

中川は少し悲しそうに目を伏せ、掌《てのひら》に集めた五色の小石を見下ろした。

「妹を殺されました」

「なに」

「わしらの村で流行病《はやりやまい》が起きたがです」

角がとれた丸い小石を手の中で遊ばせながら、中川は言った。

「土佐ではとんとみぬ厄介な病じゃった。治し方を知っていたがは山内の御殿医《ごてんい》——上士の医者だったがです。わしはその医者に治療法を教えてもらうよう、土下座《どげざ》して頼み込んだ。その医者は、教える代わりに、妹を差し出すことを要求してきたがです」

「なんじゃと。妹を」

「兄の私が言うのもなんですが、村一番と評判の器量よしでした。一年前に嫁いで、働き者の夫《とっ》のもとで幸せに暮らしちょったがです。わしはむろん反対しました。だが妹は村の皆を救うためと、涙を呑《の》んで、その医者のもとに行ったがです」

小石を握りしめた手がぶるぶると震えるのを、嶺次郎は見た。口調は穏《おだ》やかだが語尾が拳《こぶし》同様に震えていた。

「じゃけんど、そん医者はわしらに治療法どころか、薬の調合ひとつも教えようとはせなんだ。約束が違うと抗議しても、せせら笑うばかりでまともにとりあってもくれん。妹は、山内の家臣にさんざん慰《なぐさ》み物にされた挙句《あげく》、首つって自害してもうた。わしはもう怒りを抑《おさ》えきれず、全員斬《き》り殺しちゃろう思うて城下で待ち伏せ、医者の駕籠《かご》に斬り込んだがです」

憎き医者に浴びせられたのは、たった二太刀《ふたたち》だった。たったの二太刀。三太刀目をくらわそうとした時、背後から警護の侍《さむらい》に数本の刀で刺し貫《つらぬ》かれた。中川は串刺《くしざ》しになり、血の海にまみれて討ち取られた。高知《こうち》城下の追手《おって》筋《すじ》、その路上でのことだった。

嶺次郎は言葉がない。

この穏やかな医者の心の底に見た激憤と憎悪の念が、嶺次郎から返す言葉を奪っていた。

「………。そう…やったか」

中川は今もくすぶる上士への恨《うら》みを腹の底に押し殺し、解き放つように、手にした五色石を海へと投げた。バラバラと波間に落ちた石はまもなく白い波頭に呑《の》まれた。

「わしも怨霊やったと思います。仇を呪《のろ》い殺せたのか、覚えてもおらんきに確めようもないが、恨みを晴らせていたなら、こうして今頃、ここにもおらなんだはず」

その仇もとうにあの世だろう。なぜ仇も没した今にまで、霊魂《れいこん》が留《とど》まってしまったのか、中川は途方にくれていた。

「憑坐《よりまし》の体にしがみついてこの世にいることが決していいことだとは思っちょりません。だが、怨《うら》みを晴らし成仏《じょうぶつ》する機会を逸《いっ》した今、どうすればええか、ずっと考えちょりました。竜馬たちのことを知って、報われた想《おも》いがしても、わし自身は成仏もできん。答えが出らんのです」

嶺次郎には中川の中でくすぶる熾《お》き火が見えるようだった。自分も同じだからだ。

「ここにいてはいけない。だが、どこに行けばいいのかわからない。……わしも一緒じゃ。中川」

「嘉田《かだ》さんもですか」

「おう。だが、どこにも動けずとも、天は否応《いやおう》なくわしに問題を出してくる。出された問題には即答せねばならん。今あるわしの心で」

焦《あせ》りも苛立《いらだ》ちも晴れることはない。もやもやした胸を抱えて、浦戸湾を目指す沖合いの船を眺める嶺次郎は、遠い目をした。

「答えを積み上げていくしかなかろう。その意味が見つかるまで」

＊

その後も『びいどろ童子』はせっせと仲間をつれてきた。

仲間が増える一方で、怨将《おんしょう》たちの干渉《かんしょう》も増えてきた。一領具足の郷では自衛のための訓練も功を奏して、自力で撃退できるようになってきたが、時折ピンチに陥《おちい》ると『びいどろ童子』がすかさず手を貸してくれる。まさに守り神だ。

——竜馬じゃ。あれの正体は竜馬にちがいない！

『びいどろ童子』が郷士を助け、奇跡を起こすたび、郷の者たちはそう言って騒いだ。特に竜馬を知る勤王党《きんのうとう》の幕末霊たちは、そう思った根拠を「童子の背中に毛が生えていたから」（竜馬の背中には、幼少から馬のたてがみのような毛が生えていたと伝えられている）とか「右手の親指に怪我《けが》の痕《あと》があった」（竜馬は寺田屋《てらだや》で襲われた時、親指に刀傷を受けた）とかと話している。

「ほんまかいの」

噂《うわさ》の英雄・竜馬だとしたら、こんなに心強いことはない。戦国時代の一領具足たちも、にわかに沸《わ》き立ってきた。

「わしらには竜馬がついちょる！　竜馬とともに上士やよその怨将どもを倒して倒して倒しちゃるきに！」

仏間で盛り上がる仲間達を、嶺次郎と草間《くさま》は少し距離を置いて見つめている。本当に坂本なのかの、と嶺次郎が呟《つぶや》いた。

「わからん。わしは坂本よりは武市《たけち》ではないかと思う」

「武市？　武市瑞山《ずいざん》か。勤王党の首領」

　武市半平太《はんぺいた》というほうが、一般的には知られているかもしれない。安政《あんせい》の大獄《たいごく》に憤怒《ふんぬ》し、藩内の尊攘派志士《そんじょうはし し》を集めて勤王党を結成した男だ。学に優れ、郷士の出ながら藩中で頭角を現し、藩論を一時は尊皇攘夷《そんのうじょうい》に導いた。

「だが長州《ちょうしゅう》が負けると藩が尊攘を撤回《てっかい》し、勤王党を弾圧した。武市は切腹死。怨霊になるというのなら、こちらのほうが余程無念が大きいと思うがな」

　染地《そめじ》たちから話を聞くほど、国の行く末を憂《うれ》う幕末土佐の若者たちの気持ちが、痛いほど理解できた草間だ。

「それに武市はなかなかにしたたかな男だ。藩論を尊攘に導くため、邪魔《じゃま》になる藩の重鎮《じゅうちん》を暗殺させもしている。他にも多くの要人に『天誅《てんちゅう》』を下したとか」

　染地は幕末の京都《きょうと》にもいたことがあったから、話を聞けば、そこでの血なまぐさい話は戦国に比肩《ひけん》……奸計《かんけい》ではそれ以上のものがあったという。天誅と称した人斬《ひとき》りが市中に横行し、異論を発する輩《やから》は斬り殺された。

「武市は藩主への怨《うら》みを、腹を三の字にかっさばくことで、あらわしたという。凄《すさ》まじき男じゃ。怨霊となり郷士を導くならば、この男ではないがか」

「………。そがいな男、甦《よみがえ》らせたら、わしらも〝勤王党〟にさせられるのとちがうか」

嶺次郎の物言いに、草間は少し驚いた。嶺次郎は拗《す》ねた目つきになって、仏間の童子に背を向けるように、しゃがみこんだ。

「なんじゃ。おんし、やっかんじょるがか」

「誰がじゃ」

「幕末に生まれちょったら、わしも……、なぞと思うちょるがやろ」

「そがいなこと思うてはおらんわ！」

言い返したが半分は図星だ。幕末の英雄たちの話は聞けば聞くほど嶺次郎には熱く眩《まぶ》しい想いがした。翻《ひるがえ》って、戦国の世でもしがない働きしかできなかった自分を比べて卑屈《ひくつ》になってしまうのである。

「そがいなことにこだわっちょる場合ではないろう、嶺次郎。怨将どもがいよいよわしらを潰《つぶ》すために動き出した」

なに、と鋭く目をあげた。草間は嶺次郎の隣にしゃがみこんで、

「偵察に出しちょった真木《まき》と一蔵《いちぞう》から入ったしらせじゃ。わしらを襲った山内ゆかりの怨将どもは本山茂辰《もとやましげたつ》に滅ぼされた。結局山内家のもんは誰ひとり怨将とはなっちょらんかった。この浦戸《うらど》一帯を本山が手に入れるのも時間の問題じゃ」

「なんじゃと。本山はそがいに強いがか」

「すでに浦戸城址《じょうし》は押さえられた。本山はそこに霊城を築き始めた」

草間が懐《ふところ》から取りだしたのは書状だ。昔風の半紙にしたためられた内容は、草間たちに対する臣従勧告だった。

「本山茂辰からの書状じゃ。ただちに我が軍門に降《くだ》り臣従を示せ。諸事調《ととの》えて、次の新月には臣下として浦戸城にあがるよう、命じられた。従わねば攻め込むとある」

「攻め込む!? 皆には報《しら》せたのか！」

「これからじゃ。むろん徹底抗戦する。わしは腹をくくったぞ、嶺次郎。よその怨将には決して従わん。浦戸は渡さん。長宗我部《ちようそかべ》の領土を守り抜く」

嶺次郎は驚いて草間の顔を覗《のぞ》き込んだ。浦戸城を奪われた怒りからか、目が充血している。草間は本気だった。

「わしらがやらんで、誰がやる。一領具足と郷士、ともに長宗我部の遺臣じゃ。主のかわりに浦戸を取り返すぜよ」

「草間さん……、本気なんじゃな」

「おう。やっちゃる」

草間は書状を握りつぶし、虚空《こくう》を強く睨《にら》み付けた。

「浦戸城を取り返すぜよ。戦《いくさ》じゃ。嶺次郎」

＊

「なんじゃと！　山内が滅ぼされた……!?」

郷の仲間を母屋《おもや》の庭に集め、草間が皆に言い放ったのはその夜のことだった。

「おう。奴《やつ》らが根城にしちょった高知《こうち》城も本山の手に渡った。長宗我部の領地はことごとく、本山の軍勢に攻め落とされたとのことだ」

山内は藩主本人が甦ったわけでもなく、怨将としては大した影響力は持っていなかったとみえる。反して本山茂辰は、かつて長宗我部と土佐中心部で勢力を二分したライバルとも言える強豪だ。〝土佐の出来人《できびと》〟と名を挙げた長宗我部元親《もとちか》の手によって滅ぼされて、のちに怨将として復活したものだった。

本山の居城は、土佐の内陸部、四方を山に囲まれた現在の高知県本山町にある。四国の水《みず》瓶《がめ》・早明浦《さめうら》ダムの近くだ。吉野川《よしのがわ》によって天然の要害をなす本山城に本城を置き、平野部における根城として朝倉《あさくら》城に居を構えたが、長宗我部氏との勢力争いに敗れ、山間《やまあい》の本城に退いた後、降伏したという過去がある。怨将本山氏は念願であった朝倉城を取り返し、高知平野部へと打って出たのである。浦戸城ももともとは本山氏の城だった。

すでに吉良《きら》・大平《おおひら》・津野《つの》といった怨将は軒並み従わせ、抵抗していた山内さえ蹴散《けち》らせば、後は苦もなく浦戸まで手に入れたということだ。

「くそっ！　本山ごときに浦戸を奪われるとは……！」

「のんびり畑仕事なぞしちょる場合ではなかったぜよ！」

永吉《えいきち》も斐川《ひかわ》も怒りを露《あらわ》にしている。嶺次郎も、つい目と鼻の先の浦戸城を怨将に奪われると は思ってもみなかった。浦戸城は長宗我部晩年の居城であり、嶺次郎ら一領具足の最期《さいご》の地で もある。奪われたとなると、やはり胸中穏やかならぬものがある。

「わしと嶺次郎は、浦戸を取り返すことにした」

草間は皆の前で言い放った。

「しかしそのためには戦を起こさねばならん。ここにおる者の中には戦に巻き込まれとうない ものもいるじゃろう。無理強《じ》いはせん。戦いとうないもんは残れ」

「わしは、行きます！」

真っ先に名乗りをあげたのは永吉だ。だが血が熱いのは永吉だけではなかった。

「わしも行きます！　取り返すがじゃ！」

斐川や染地たちからも次々と声があがった。そんな男たちを「びいどろ童子」が見守ってい る。かくして土佐の一領具足たちは浦戸城奪還のため動き出したのである。

第四章　結成の夜

浦戸《うらど》城奪還作戦、決行の前夜、嶺次郎《れいじろう》は不思議な夢を見た。童子《どうじ》の夢だ。

いや、童子と呼ぶには少し年かさである。十四、五ほどの少年だ。「おんしゃ誰じゃ」と呼びかけても応《こた》えない。ひょろりとした手足に薄い胸、しかも体が「びいどろ」でできているようで、光に透けてみえる。嶺次郎はピンときた。これはあの「びいどろ童子」なのではないか。

——まさか、おんしゃ坂本《さかもと》か。坂本竜馬《りょうま》か。

びいどろでできた少年は「気をつけてください」と嶺次郎に言った。

——明日の城攻め、剣に巻き付く蛇《へび》には近づいちゃならんがです。

——剣に巻き付く蛇じゃと？　なんのことじゃ。

明日の城攻めはとりやめるよう、しきりに、びいどろの少年は訴えた。

——そういうわけにはいかん。どうすればそれを避けられる。

少年は顔を曇《くも》らせ、人差し指を立てると、そっと眉間《みけん》を指さしてみせた。それがどういう意味なのか、嶺次郎にはわからなかったが、答えを聞く前に、少年はすうっと消えてしまった。消えたというより嶺次郎の目が覚めた。体がやたら重くて汗が酷《ひど》かった。仏間にやってきて厨子《ずし》を開けてみると、童子像は変わらぬ姿勢でそこにいる。

（びいどろ童子に封じられた怨霊《おんりょう》……？　あれが？）

皆の言うとおり、あれが「坂本竜馬」だったのだろうか。

＊

ついに新月の夜がやってきた。

夕闇《ゆうやみ》迫る桂浜《かつらはま》から観光客の姿が消える頃、駐車場には不穏なバイク集団が現れた。染地《そめじ》たちの運転するハーレーの後ろに跨《また》っているのは、袴姿《はかますがた》に身を包んだ草間《くさま》と嶺次郎たちだ。正月でもないのに袴姿でバイクに跨る若者たちを、通行人の皆が異様な目で見ていったが、本当は裃《かみしも》でも着ていきたいところだった。なにせ浦戸城主の「お召し」なのである。

「あれが本山《もとやま》の〝浦戸城〟か……」

《闇戦国《やみせんごく》》における城の役割というものは、居城《きょじょう》というよりは、霊的拠点《きょてん》の役割を示す。ひとつの意志に束ねられた集団は、霊波塔《れいはとう》などを用いて霊域を確保し、より自分たちの霊力が扱いやすいよう、神域や聖域、古戦場などの霊的スポットを結んで、磁場を整えるので、他集団の勢力圏内ではハンデが大きい。よそものの自由にはさせないための霊域だ。この霊域がどこまで及ぶかが、怨将《おんしょう》の「勢力」にあたるのである。

「なるほど。ほんの数日前とはまるでちがうのう」

嶺次郎は霊的嗅覚《きゅうかく》に秀《ひい》でている。浦戸の空気は、何か別の種類の霊気によって覆《おお》われている。この上ない異物感が不快だった。

「これが本山方の臭《にお》いか。くそっ、気に入らんのう」

「あそこが発信源じゃ」

桂浜の高台の、さらに小山のようになっているあたりが浦戸城址《じょうし》だ。今はむろん、建物などはない。が、霊視すれば見える。

青い炎のような天守閣《てんしゅかく》がそびえ立っている。

「ありゃあ、どうみても高知《こうち》城じゃのう……。山内《やまのうち》から奪った折に、姿ばかりを持ってきたにちがいない」

「本山茂辰《しげたつ》があそこにいるちゅうわけか」

夕陽はやがて西に消え、とっぷりと暮れた。海は黒く闇に沈み、浦戸大橋を渡る車のライトも目立ってきた。辺りが闇に落ちると、ますます嶺次郎たちには浦戸城の威容《いよう》がはっきりと見えてくる。

「行くぜよ」

＊

国道からの上がり口に、目には見えない城門がそびえ立つ。夥《おびただ》しい霊気だ。門が開かれねば、霊体はもちろん生きた人間でさえ、その先には立ち入ることができない。門番の鎧兵《よろいへい》は皆、霊体だった。《闇戦国》の兵は全《すべ》てが全て憑依者《ひょういしゃ》ではないらしい。まだ霊体である者もこの四国《しこく》にはたくさんいる。

たのもう！　と声を張り上げた。

「臣従勧告に従い、やって来た。草間清兵衛《せいべえ》以下、十五名じゃ。本山様にお目通り願いたい」

城門が開くと、嶺次郎たちは思わず「うっ」と後ずさってしまった。濃い霊気の向こうに建つ壮麗《そうれい》な城は、門の中で見ると、存在感がまるでちがう。霊の城というから、幻《まぼろし》みたいなものかと思ったが、足を踏み入れると、ちゃんと床や柱の感触がある。

「どうなってるがじゃ」

永吉も不思議そうにキョロキョロ辺りを見回した。全体にゆらゆらしているが、そこにはしっかりとした建築物の感触があり、長い廊下《ろうか》を渡って御殿《ごてん》へと入ると、外から見る以上に奥行きがあって驚かされた。欄間《らんま》の彫刻も長押《なげし》の重量感も、本物の高知城にひけをとらない。ただその輪郭《りんかく》だけがもやもやした陽炎《かげろう》を発しているのである。

案内されて、襖《ふすま》が開かれた途端、嶺次郎たちはギョッとした。大広間に鎧姿の霊体がずらりと並んでいる。その一番奥、一段高いところに腰掛けているのは、女ではないか。

上品で華やかな二重《ふたえ》染《ぞ》めの着物に、なんと鎧を纏《まと》った、顔立ちの美しい女だ。切れ上がった眼《め》が一見きつい印象を与えるが、頬《ほお》から目尻《めじり》の柔らかなラインがその印象を優美さへと塗り替える。

草間も嶺次郎も、ぽかん、と立ち尽くしてしまった。

「近《ちこ》う」

呼ばれて、草間たちは前に進み出て、胡座《あぐら》座りした。

「そちらが、葛原《くずはら》に郷《さと》を構えた一領具足《いちりょうぐそく》か」

容姿を裏切る武骨な口調に、思わず我に返った。

「我が名は本山茂辰が娘、ハツじゃ。父よりこの浦戸城を預かっておる」

「ハツ……姫、様にござりまするか」

「よう参った。今宵《こよい》ここに参ったということは降伏勧告を受け入れたということじゃな」

は、と草間は恭《うやうや》しく一礼した。

「畏《おそ》れ多う存じまする。この浦戸は元々、本山様の御城。道理から申しましても、正しき御城主・本山様がお入りになるのが筋にて、ハツ姫様の御入城、誠に喜ばしきものと存じまする。我らとて本山様に逆らうことは利あらず。抵抗は身を滅ぼすのみ。それではかなわぬと馳《は》せ参じました次第にござりまする」

「草間とか申したな。長宗我部《ちょうそかべ》は太閤《たいこう》の手で骨抜きにされて、もはや土佐《とさ》にも戻れぬ様子。悔しゅうはないがか」

ひれ伏す草間の指先が、軽く床に爪《つめ》を立てた。が、ハツ姫は涼しい声で、

「わらわは長宗我部の手で落城させられた地にて自害した。寄せ手の中には、おんしの姿もあったやもしれぬなぁ」

「……。ひらに、ひらに」

「わらわは落城の地で怨霊となって四百年彷徨《さまよ》った。甦《よみがえ》りても、容易には晴れぬでな」

いうや、ハツ姫がおもむろに立ち上がった。その手には鞭《むち》が握られている。怨恨《えんこん》を滲《にじ》ませた唇《くちびる》が不気味につりあがり、ハツ姫は草間の前に立つと、鞭を振り上げた。

「呪《のろ》わしや、長宗我部！　我が怨《うら》みをその背に受けるがよい！」

それまでの上品な佇《たたず》まいをかなぐり捨て、般若《はんにゃ》のように顔を歪《ゆが》ませたハツ姫が、猛然と鞭で草間を打擲《ちょうちゃく》しはじめた。広間に響き渡る音は激しく、見ているほうが青ざめるほど凄《すさ》まじく、ついに鞭振るうだけでは足りず、容赦《ようしゃ》なく足蹴《あしげ》にまでし始める始末だ。

「く、草間さん！」

草間は耐えた。見開いたハツ姫の眼は赤く血走り、大きく開いた口は裂けたように吊り上がり、まるで鬼女《きじょ》そのものだ。さんざん打たれて衣服が破れ、草間の背が腫《は》れあがり、血が滲《にじ》ん

でも、異様な嬌声《きょうせい》を響かせて錯乱《さくらん》したように鞭振るい続ける。ボロ雑巾《ぞうきん》になるまで責め抜かねば気が済まないらしい。

「思い知れ！　思い知れ！　我が本山のおなごどもの恨《うら》み！　業火《ごうか》に焼かれた我らの憎悪を思い知れ……思い知れ――ッ！」

ぐらり、と草間の体が傾《かし》いだ。支えようと踏みだしたのは嶺次郎だ。同時にハツ姫が振り下ろした鞭をハッシと摑《つか》んで、キッと睨《にら》みあげた。

「なんじゃ！　おのれ、邪魔《じゃま》をするか！」

「そのあたりにしちょきましょうや。姫さん」

鞭を強く引き、勢い余ってつんのめったハツ姫を、嶺次郎が素早く羽交《はが》い紋《じ》めにした。

「な、なにをしやるか！」

その首筋には隠し持っていた刃物を突きつけている。嶺次郎は声を張り上げ、

「城のものども！　姫君の命が惜しくば、武器を捨てよ！」

驚いた憑依霊の重臣と鎧武者どもが、すわとばかりに色めき立つのと、嶺次郎の仲間達がドンと床を鳴らして立ち上がるのが同時だった。その時には皆、隠し持っていた武器を構えている。

「貴様らあああ！　ただで済むと思うてか！」

「わしらを城にあげるなら、ぼでーちぇっく、くらいはしましょうや」

嶺次郎は不敵に笑っている。

「長宗我部の一領具足を甘くみちょりましたな、姫さん。わしらを城に入れたのが運の尽きよ」

「なにッ、まさか最初からそのつもりで！」

「城を盗みに来ちょりました」

慇懃無礼《いんぎんぶれい》にハツ姫の耳元に囁《ささや》いた。

「浦戸城の最期《さいご》の主は、この一領具足めらですき」

本山の兵たちが「姫をはなせ！」と口々にわめく。草間も仲間に抱き起こされ、眼と眼をあわせて合図すると、嶺次郎はハツ姫を楯《たて》にしたまま、

「この城はわしらがもらったあ！」

と叫ぶやいなや、姫をひょいと肩に担《かつ》いで大広間から飛び出した。抜刀《ばっとう》して追ってくる本山兵に立ちはだかったのは永吉《えいきち》たち一領具足だ。広間は大乱闘になった。

《闇戦国》における城盗《しろと》りの作法は、斐川左馬助《ひかわさまのすけ》から教わった。城の最大の役目は、霊的拠点となること。その役目を果たすのが、城の心柱《しんばしら》だ。心柱があれば事足りるのだから、実は鉄塔の類《たぐ》いでもいい。天守閣よりも大事なのは、霊域を保持する結界点となるべき柱なのだ。

――城を奪う時は、この柱の基底部から、抜魂《ばっこん》すればよいのです。

抜魂とは要するに「城の浄化」だ。強烈な霊的破壊力で、心柱を破壊するのがてっとり早

い。

「はなせ！　はなさぬか！」

嶺次郎に抱えられたハツ姫が暴れている。城兵も姫が人質では手が出せない。嶺次郎が走ったのは、天守閣のてっぺんだ。

「ここはわしに任せちょき！」

階段口を斐川が守る。最上階は嶺次郎とハツ姫ふたりきりとなった。

「薄汚い手でわらわにさわるな、下郎！」

ぴき、と神経質そうに眉《まゆ》をつりあげた嶺次郎がハツ姫を放り出した。床に倒れたハツ姫は、嶺次郎が羽織を脱ぎだしたのを見て、悲鳴をあげ、

「わらわに何をする気じゃ！」

「おまんに用はないき」

衿《えり》を広げると、胴にまるで腹巻きのように、霊硝石《れいしょうせき》でできた弾薬の筒を巻き付けている。

「用があるのは、こいつだけじゃ」

と中央にある心柱を叩《たた》いた。弾薬の腹巻きを外して柱に巻き付けた。そして印籠《いんろう》の中に隠していた小型無線機《トランシーバー》を取りだし、

「こっちは調《ととの》った。そっちはどうじゃ、草間さん」

嶺次郎が動くと同時に、城の基底部へと走った草間たちだ。こちらは完成したばかりの念鉄《ねんてつ》

砲《ぽう》を所持している。染地たちが城兵を撃ち蹴散《けち》らしている間に、草間が心柱の礎石《そせき》部分に霊硝石をセットした。「こっちも完了ぜよ！」と無線機《トランシーバー》から答えが返った。

「ほんなら、派手な花火を打つとしようかの。左馬助、もうええぞ！　退避じゃ！」

階段をあがってくる城兵相手に闘っていた斐川も「おう」と言ってこちらに駆け上がってきた。嶺次郎は素早くハツ姫を横抱きに抱え上げると、

「な、なにをしやる！」

「ここでおさらばしたいところだが、憑坐《よりまし》のおなごまで巻き込むわけにゃいかんきの」

言った時には斐川が導火線に火をつけている。嶺次郎はハツ姫を抱いたまま、欄干《らんかん》を越えようとして、ふっと違和感を覚えた。

(この女、霊魂がひとつしかない)

憑依霊ならば必ず二つ、体に宿しているはずだ。どういうことだ。

「嘉田《かだ》さん、飛び降りるぜよ！」

斐川の怒鳴り声に突き飛ばされるようにして、嶺次郎も瓦《かわら》を蹴って飛び降りた。ふたりの体が宙に躍《おど》った、その直後だ。浦戸城の天守閣から火柱があがったのは。

嶺次郎と斐川は互いの念で互いの体をうまく浮かせて、なんとか着地した。振り返ると、天守閣は青い炎を噴き上げている。

「やったぞ！」

霊火に包まれ、ごぉごぉと燃え落ちていく霊の城を、嶺次郎たちは見守っていたが、

「な……っ」

まるで蛇が脱皮でもするように、青ぃ炎の中から、城が真の姿を現した。竜だ。天守閣と同じ高さの巨大な剣に巻き付いた竜がいる。

(これが真の心柱か……！)

《かかったな……、一領具足ども》

地を這《は》うような女の声に驚いて振り返ると、異形《いぎょう》と化した若い女がそこにいる。先程までハツ姫の憑坐だった女だ。姫の宿る憑坐は奇怪なことになっていた。腰から下が蛇体《じゃたい》となって長くうねっているではないか。憑依霊が、憑坐の肉体の形まで変えさせてしまったというのか。

嶺次郎は息を呑《の》んだ。

《罠《わな》に落ちたのはそちどものほうじゃ》

「なに……、うっ！」

足元がズブズブと沈み込んで、足首から先がコンクリにでも固められたように動けなくなった。

「貴様、なにをしよった！」

《そのほうらの浅知恵による目論見《もくろみ》など、初めからお見通しじゃ。見よ》

蛇体と化したハツ姫が指さした先にあるものは、城の心柱だ。竜がまきついた巨大な剣、し

かしよく見れば、剣には人の顔がいくつも浮かび上がっているのだ。

（あれは……ッ）

《この浦戸城の人柱《ひとばしら》じゃ》

ハツ姫は冷ややかにそう呟《つぶや》いた。

《浦戸の地縛《じばく》した霊どもが、この城の柱》

たちまち嶺次郎の顔色が変わった。浦戸の地縛霊だと？　それはもしかせずとも、浦戸一揆《いっき》の仲間ではないか。

《れーじろー……》

剣に浮かんだ顔が名を呼んだ。見覚えがある。共に闘った戦友だ。あれは戦友の顔ではないか。

《れーじろー……》

「おのれ、わしの仲間を人柱にしよったがか！　許さん！　はよう解き放て！」

《案ずるな。そのほうらもまもなく、あの者どもと共に人柱になれる》

ハツ姫の言葉に「なに」と嶺次郎は怒鳴り返した。

《この城の人柱は浦戸の戦人《いくさびと》。戦人の怨念がこの霊城をとこしえに支える。されど、この者どもは頼りない。礎石となるべき、より猛々《たけだけ》しい力を持つ霊どもが要《い》る。憑依をこなす霊は強い霊じゃ。そちらを城に招いたのはそのため》

「おんしら、初めからそのつもりで……！」

いかん！　と嶺次郎は息を呑んだ。

（草間さん……ッ）

「沈む！」

斐川の足元がズブズブとさらに深く沈んだ。底なし沼のようでふんばりが利かない。どんどん沈み込んでいくのを止めることができない。嶺次郎ももがいた。このまま憑坐ごと丸呑みにする気か。せっかく甦ったというのに、城を支えて永遠に……なんて、冗談ではない。

「冗談ではないがぞ！」

渾身《こんしん》の力を振り絞って抵抗するが引き込む力のほうが強い。あの童子が言っていた罠とはこのことか。剣に巻き付く蛇とは心柱のことだったのか。このままでは全員お陀仏《だぶつ》だ。

《させてはならん！　嶺次郎！》

だしぬけに草間の声が聞こえた。ギョッとして嶺次郎は虚空《こくう》を振り仰《あお》いだ。姿は見えないのに心の中に声だけが飛び込んできた。

（草間さん！　いまの声はおんしか！）

城の基底部を破壊すべく地下に走った草間たちも、同じ目に遭《あ》っていた。嶺次郎たち同様、地面に呑み込まれつつあった。

《この城は蠅取《はえと》り紙と一緒じゃ。心柱に霊縛《れいばく》の呪詛《じゅそ》が施《ほどこ》されている。これを破らん限り、ええ

脱出せんがぞ。こがいな城の人間礎石になぞ誰がなるか。力を集めよ、皆の衆。皆の力を結集して、礎石化の呪《しゅ》を破るぜよ！》

草間の声は無線機など通さずとも、皆のもとに届いた。すこぶる力強い声だ。その声で皆が奮《ふる》い立った。

「おう、破っちゃる。力合わせるがぜよ、草間さん！」

嶺次郎が永吉が斐川が染地が。彼らを地下にひきずりこもうとする霊縛の呪詛にあらがって、念を生み出した。抵抗の念はみるみる結集して、城の呪力に対抗しはじめた。

《無駄ぞ！》

ハツ姫の束ねられた黒髪が解け、逆立って暴れだす。すると呼応するように城の力もグンと増して、嶺次郎たちの抵抗をはねかえす。この感じはなんだ？　無機物を相手にしている感じがしない。城そのものが生き物のように感じるのはなぜだ。目を凝《こ》らした嶺次郎はようやく気づいた。蛇体と化した胴の先が臍《へそ》の緒のごとく、剣にからみつく竜の尻尾《しっぽ》とつながっている。そう、この城はハツ姫と一心同体、つながっているのだ。ハツ姫の意志が、城の意志なのだ。

（意志を持つ城!?　まさか）

嶺次郎は人一倍、霊査能力に秀でている。ハツ姫は憑依霊だと思いこんでいたが、あの体の中に霊魂を感じなかった理由が解けたのだ。

（そうか。憑坐は操られていただけ。この女の真の霊体は、浦戸城そのもの！）

霊を集めて自《みず》らに抱着《ほうちゃく》させ、それで自らを強化する類《たぐ》いの怨霊だ。

「草間さん、この城を破るには、あの女を倒すしかない……！」

《なんじゃと！》

「ハツ姫とやらの霊体は、城そのものなんじゃ！　あの女の霊を退治するしかない！」

《しかし強い！　せめて浦戸の怨霊どもを取り払わねば、本体まで届かぬぞ！》

嶺次郎は舌打ちした。

「くそ、どがいしたら……!?」

城に吸われた霊たちは否応《いやおう》なく力を吸い取られる。くっつけたものから養分を吸い上げるタチの悪い霊体だ。

(浦戸で共に戦《たたこ》うた仲間じゃ。このわしが助けちゃる！)

しかし、どうやったら!?

脳裏《のうり》に一瞬、ゆうべの少年の顔が花火のように浮かんで消えた。呼ばれた気がして、振り返ろうとした時、斐川が叫んだ。

「嘉田さん、あれを！」

「！」

空から一筋、金色の航跡を描いて、何かが飛んでくる。目を凝《こ》らした嶺次郎は、あっと声をあげた。

（矜羯羅童子《こんがらどうじ》）

金色の光のかたまりは、まともに城の心柱に飛び込んだ。空気を引き裂くような衝撃に嶺次郎たちは思わず身を庇《かば》った。

心柱が金色に燃え上がった瞬間、刀鍛冶《かたなかじ》が鋼《はがね》を鍛《きた》えたがごとく、無数の赤い火花が散って、夜空にススキのような弧《こ》を描いた。飛び散った火花の正体は、霊だ。城に縛《ばく》されていた浦戸の戦人の霊なのだ。

「剝《は》がれた！　霊たちが剝がれたぞ！」

《今じゃ！　わしに念を集めよ！》

嶺次郎たちが全員で渾身の念を生み出し、草間は皆の寄せる力をまとめあげ、自ら握る念鉄砲へと溜《た》めていく。霊鉄でできていて、砲手の念を凝縮《ぎょうしゅく》させて、破壊力の高い弾丸にして撃ち込む火縄銃《ひなわじゅう》だ。念が多ければ多いほど、破壊力は増すという寸法だ。夢で見た「びいどろ童子」の仕草を嶺次郎は思い出した。眉間《みけん》を指さしていた。

「わかったぞ、あのおなごの弱点は眉間じゃ！　草間さん、竜の頭を狙《ねら》え！」

銃口の先が心柱の竜に向けられる。蛇体と化したハツ姫が恐怖に顔を歪《ゆが》ませた。

「ひいい――――ッ！」

「くらえ！」

草間の念鉄砲が火を噴いた。

ハツ姫の本体――剣に巻き付く竜の眉間めがけて、念の弾丸を撃ち込んだ。

轟音《ごうおん》があたりをつんざいて、竜の頭が吹き飛び、黄土《おうど》色の気を噴出しながら、胴体も風船が萎《しぼ》むように急速にひからびていく。心柱であった巨大な剣はみるみる錆《さ》びて朽《く》ちていき、音もたてずに崩壊していってしまった。

「やった！　やったぞ、吹き飛ばしたぞ！」

歓声とともに、皆を呑み込んでいた地面も元に戻り、嶺次郎もようやく城の呪縛から解放された。心柱によって浦戸城址に集中していた本山方の霊気も、みるみる散じていく。

「見たか、本山の者ども！　この城は我らが長宗我部の一領具足が押さえた！　抗《あらが》うものはかかってこい！　そうでないものは今すぐ去《い》ね！」

残された城兵たちに向けて、草間が言い放つと、その迫力に怖《お》じ気づいた鎧武者《よろいむしゃ》どもが小さくなって後ずさり、わ、と蜘蛛《くも》の子が散るように退散しはじめた。あっというまに浦戸城址は空城《からじろ》になった。

何もなくなった土塁《どるい》の上で、一領具足たちは勝利の雄叫《おたけ》びをあげた。

無名の一領具足軍団が、自分たちだけの力で、ついに城を奪ったのだ。

＊

「ひゃっほー！　ついに盗《と》ったぞ！　城を盗ったぞ！」

浦戸《うらど》城奪還を果たした草間《くさま》と嶺次郎《れいじろう》たち雑兵《ぞうひょう》軍団は、桂浜《かつらはま》におりて、車座になりながら、缶ビールを開けて、文字通り、勝利の美酒に酔った。こんなに痛快なことはない。怨将《おんしょう》の城を、一領具足《いちりょうぐそく》だけの力で攻め落としたのだ。

「見たか、わしらの底力を！　これがほんまの力っちゅうもんよ！」

永吉《えいきち》などは子供に戻ったように大はしゃぎだ。「おーい」と叫んで駐車場のほうから降りてきたのは一蔵《いちぞう》だった。小脇《こわき》には何本も一升瓶《いっしょうびん》を抱えている。

「酒、調達してきたがぞーっ！　まだまだあるがじゃーっ！」

「おー、待っちょったぞーっ！」

盃《さかずき》を配る一蔵は、もうすでにできあがっているのか顔が真っ赤だった。夜の桂浜は宴会場と化した。

「胸がすいたぜよ、草間さん。おんしの声が聞こえた時は、地獄で仏《ほとけ》を見た気分じゃった」

「なんをいうちょる。大袈裟《おおげさ》な」

「いやいや、ほんまですき。わしもそう思ったですき」

嶺次郎と草間の間に、堂森《どうもり》も首を突っ込んできて、無理矢理、一升瓶から溢《あふ》れるほど草間の盃に酒をついだ。

「もうだめじゃと思うた直後やったき、ほんま、暗闇《くらやみ》に光が差しよった気分じゃった」

「わしらもです。草間さん」

と答えたのは中川《なかがわ》だった。城外で待機していた中川たちにも草間の心の声が届いていたのだ。

「心の声を皆に届けるなぞ、余程の胆力《たんりょく》がなければできぬはず。挫《くじ》けかけた皆の心を奮《ふる》い立たせたがは、さすが草間さんじゃ」

「あのときは夢中じゃったきのう。わしもあんまし覚えちょらんがぜよ」

「いいや、やはりおんしはわしらの大将じゃ」

嶺次郎は誇らしい気分でそう言った。草間の迷いのない声が、皆の心をもひとつに結集させたに違いないからだ。

「おんしにゃ、大将の風格がある。器《うつわ》もある。もっと大きな軍団をまとめあげることも、できようて」

「……そのことじゃが、嶺次郎。いや、皆も聞いとうせ」

草間の呼びかけに、車座になった一同が皆、喋《しゃべ》るのをやめて注目した。草間はあぐらをかいた膝《ひざ》に手を置き、

「わしらは今夜、浦戸城奪還ちゅう大きな戦功をあげた。これが戦場《いくさば》ならば、大働きの手柄にて、長宗我部《ちょうそかべ》公からどれほどの報償を得られたかわからんほどじゃ。のう、わしらは自分らで考える以上に強い。強いことが今宵《こよい》、証明された。わしらは己《おのれ》の力をもっと信じてもえぇので

はないかと思う」

「おう！　そのとおりじゃ！」

　やんやとあがる喝采《かっさい》を制して、草間は厳粛《げんしゅく》な口調で告げた。

「皆も知っての通り、かつて長宗我部公の治めたるこの土佐《とさ》四郡も、近隣の怨将《おんしょう》どもによってみるみる奪われちょる有様。わしら一領具足は長宗我部公の代わりとして、長宗我部領を守る使命があるのではないかと思う」

　嶺次郎は神経質そうに眼《め》をとがらせ、

「長宗我部のために他の城も取り返す、いうことか」

「わしらが自《みずか》らの手で、本山《もとやま》や安芸《あき》どもを城から追い払っちゃるがぜよ」

「《闇戦国《やみせんごく》》にわしらも名乗りをあげると？　何を言い出す。おんしゃ、野心にでも駆られたか」

「野心ではない。解放するのだ」

　と草間は迷わず言い切った。

「浦戸城の地縛霊《じばくれい》を見たろう。己の意志に反して怨将どもに使われてしまう仲間がおったことは紛《まぎ》れもない事実。浦戸ん衆が受けた仕打ちは、ひとつ間違えば我が身のことやったかもしれん。とても他人事《ひとごと》には思えん。そがいなことがまかりとおるがを、おんしらは、見過ごしておけるか。わしにはでききん。ほじゃき、わしらが助けに駆けつけて、そがいな者らをどんどん解き放っちゃるぜよ！」

　嶺次郎はびっくりした。「我が意を得たり」の一言だった。浦戸一揆《いっき》の霊は何より嶺次郎の仲間だった。彼らはびいどろ童子《どうじ》のおかげで城から解かれ、飛び去ったきり、いまはどうなったのかもわからないが、地縛も晴れて成仏《じょうぶつ》できたならばよし。だが、よその怨将に自分らの怨《おん》念《ねん》が利用されたのだけは、たまらなく悔《くや》しかった。尊厳《そんげん》などと仰々《ぎょうぎょう》しいことを声高《こわだか》に言うつもりはないが、自らの怒りまで踏みにじられるようで、それだけは嶺次郎、絶対に許せなかった。

　そんな仲間は、まだ土佐の各地に残っているかもしれない。草間はそういう身の上の霊たちを、自分たちの力で解放させようと言うのだ。

「むろん、わしらだけでは戦力不足やもしれんきに、仲間を募《つの》るがじゃ。今までのとおり、単に現代で迷うちょる者だけでなく、我らの意図に賛同する者に呼びかけて、集める」

「面白い！」

　膝《ひざ》を打って、永吉が高い声をあげた。

「奪われた長宗我部の城を取り返すのみにあらず。よその怨将に城とられた者から城とり返しちゃる、ちゅうことですろ？　たまるかー！　わしら英雄のようじゃ！」

「ええ考えです、草間さん！　私も賛成です」

　と中川もとびついた。

「怨《うら》みを残して怨霊《おんりょう》になりながら、よその怨霊に支配されて虐《しいた》げられるなぞ、とんでもないことです。私たちは解放戦線をはるいうことですね！」

「おう、今風にいえばそうじゃ。どうじゃ、皆の衆。やってみんか」

車座になった仲間達が口々にどよめいて「賛成」の声をあげた。土佐の男は血潮《ちしお》が熱い。あっという間に燃え上がって、ノリにのってしまった。

「じゃが、そうなると、わしらにも名前が必要じゃの」

「一領具足の会……とか？」

「阿呆《あほう》。なんじゃ、そのしょぼい名前は。もっとイカス名前は浮かばんがか。やっぱ漢字五文字がええのう。土佐勤王党《とさきんのうとう》みたいな！」

永吉と一蔵の言葉を横で聞いて、草間が、

「ほうじゃの。どうせつけるのならば、土佐を象徴して、なおかつ勢いのある名前がええの」

「土佐を象徴……ですか。土佐といえば鰹《かつお》のたたき、酒盗《しゅとう》、あおさのりとか？」

食い意地のはった堂森が答えると、向かい側にいた染地《そめじ》が手を叩《たた》き、

「土佐でしたら、やはり鯨《くじら》ですろう」

「大海を行く鯨か！　えぇのう！」

「鯨……土佐鯨の会とか？」

ああでもないこうでもない、と言い合う仲間達を尻目《しりめ》に、すっくと立ち上がったのは嶺次郎

だ。

「なんじゃ、嘉田さん。ションベンか」

嶺次郎は波打ち際まで行くと、何をするでもなく沖合いを眺めた。夜の桂浜に打ち寄せる波が闇に白く浮かび上がる。岩の小山といった竜王崎《りゅうおうざき》のシルエットの向こうに、さらに黒々と墨《すみ》を流したような夜の海が広がる。ザブン、ザブンと足元を洗う波の音が聞きながら、黒い水平線を眺めている。つられて永吉や中川も立ち上がり、同じように沖合いを眺めた。他の者たちも全員立ち上がり、夜の太平洋を黙って、しばらく皆で見つめた。

「赤い鯨ちゅうのはどうじゃ」

「赤い鯨？」

「おう。太陽のように赤く燃える鯨じゃ」

嶺次郎の心の目に浮かぶのは、黒潮洗う土佐沖で、巨大な体をうねらせて波間で暴れる若い鯨だ。朝日を大きな背に浴びて、汐《しお》を天高く噴き上げ、おおらかに大海を往《ゆ》く鯨。

「赤鯨衆《せきげいしゅう》」

と嶺次郎の案を引き継いで、草間が言った。

「土佐赤鯨衆、ちゅうのはどうじゃ」

嶺次郎が草間を振り返った。皆も一斉に草間を見た。

「土佐……セキゲイシュウ……」

「赤い鯨に〝皆の衆〟の衆と書いて『赤鯨衆』じゃ。赤鯨党でもええが、わしらが名乗ると夜盗みたいでいかん。〝衆〟ちゅう字は、太陽のもとで多くの人間が働いちょる様を示すそうな。やはり、わしらには衆じゃ。わしらの名は赤鯨衆。どうじゃ！」

しばしポカンとしてから、お互いに顔を見合わせ、口々にその名を呟《つぶや》き合った。赤鯨衆、赤鯨衆……、赤鯨衆！

「ええ名じゃ、草間さん！　わしゃあ、気に入った！」

真っ先に声をあげたのは嶺次郎だった。すぐに永吉や中川も同調して、

「土佐赤鯨衆！　決まりじゃ！　これしかなかろう！」

「わしらは赤鯨衆じゃ！　土佐の赤鯨衆じゃーっ！」

浜から大きな歓声があがった。皆、大興奮して飛ぶわ跳ねるわの大騒ぎになった。

「赤鯨衆じゃ！　今日からわしらは土佐の赤鯨衆じゃ――ッ！」

「ヒャッホー！　ええぞー、わしらに名が付いたーっ！」

「赤鯨衆じゃ！　土佐の赤鯨衆じゃ！」

盛り上がりは最高潮になり、その夜は歌え踊れの大宴会だ。仲間達は有頂天《うちょうてん》で騒ぎ語り飲み明かした。ここまで気分が高揚《こうよう》した夜は今までになかった。嶺次郎も目の前に大きな道が開けたようで心が躍《おど》った。こんなに心躍ったことは生涯なかった。秋風が渡る桂浜で、夜が更《ふ》けるまで騒ぎ続けた。

　結局、ほとんどの者はそのまま酔い潰《つぶ》れて、野外だというのに大の字になって眠ってしまった。いびきをかいている永吉に、上着をかけてやった嶺次郎は、ひとり、皆から離れた波打ち際で盃を傾けながら夜空を見上げている草間のもとに歩み寄っていった。

「明けの明星《みようじよう》じゃ。草間さん」

「おう。よう輝いちょるなぁ……」

　空はそろそろ白《しら》みかけている。夜明けが近い。嶺次郎は草間の隣に腰をおろした。

「わしはおんしを少し、誤解しちょったようです。草間さん」

「ほうか？」

「長宗我部のことしか目に入っちょらん、長宗我部馬鹿かと思うちょりました」

　ははは、と意外に明るい声で草間は笑った。

「そがい思われてもしょうがないのう」

「なんじゃ。自覚しちょったか」

　ぬかせ。と言いながら嶺次郎をこづいた。そして少し海を眺め、

「……仲間がおるっちゅうことはええこっちゃのう、嶺次郎」

「ほうかの」

「こがいして独りで海を見ちょっても、独りでない。独りではないところで独りになれる贅沢《ぜいたく》

を味おうちょった。独りでおれば話しかけてきてくれる友がおる。嬉《うれ》しいのう」

あまり親切な言い回しではなかったが、言いたいことは嶺次郎にもなんとなく伝わった。肩を並べて、夜明けの海を見ながら、なんとはなしにうなずいている。

「話したことがあったかのう、嶺次郎。わしと元親《もとちか》公の話」

「元親公？　長宗我部元親か」

「おう。土佐から生まれた四国の覇者《はしゃ》じゃ。織田信長《おだのぶなが》公からは『鳥なき島の蝙蝠《こうもり》』なぞとも呼ばれた。わしゃ、元親公直々《じきじき》に、命を助けられたことがあったがよ」

嶺次郎はびっくりしてしまった。殿様が自ら、草間を救った？　そんなことがありうるのか？

「あれは、元親公がまだ初陣《ういじん》を果たして間もない頃だった。わしは戦場《いくさば》で槍傷《やりきず》を受けて動けなくなり、敵兵に囲まれちょったところ、馬にまたがった若き元親公が敵を蹴散《けち》らして駆けてこられ、雑兵どもを大槍《おおやり》でなぎ倒し、なおかつ、このわしを馬の背に乗せて死地から救ってくださったがよ」

草間は白み始めた南の空を眺め、遠い目をしていた。

「〝姫若子《ひめわこ》〟なぞと呼ばれた元親公だったが、どうしてどうして。馬上で畏《おそ》れ多くもしがみついたその背は、隆々《りゅうりゅう》としておった。あの元親公の体の熱は、今も忘れん。たかが名も無き一領具足に、とわしゃあ感激して、あのとき、心に誓ったがよ。この方に一生お仕《つか》えしようとの」

（そうか）

嶺次郎にも、やっと謎《なぞ》が解けた。草間がやたらと長宗我部にこだわる理由。自分に自信がないから殿様ばかりあてにするのだろう、などと思っていたが、そうではなかったのだ。

「なるほど、そがいなことをされては、惚《ほ》れるのも無理はないの」

「おお。男惚れした。腹の底から一目惚れじゃ。……尤《もっと》も、元親公はわしのことなんぞ、覚えちょりゃーせんじゃったろうがの」

さばさばと言ってのける。そんな草間が、嶺次郎は好きだった。

草間自身、自覚していないだろうが、さっきも言った通り、草間には他の者にはない器と度量があると嶺次郎は思う。仲間を分け隔《へだ》てなく迎える懐《ふところ》の深さも、嶺次郎には真似《まね》できない。疑うことが身を守る術《すべ》だった嶺次郎は、余程親しい相手であってもなかなか胸襟《きょうきん》を開くことはできない性分だ。

（じゃが、この男はちがう）

背負うものが大きくなるにつれて、その度量も広げていける、そんな感じがする。この男はもっと成長する。その成長っぷりを、もっとみてみたい、と嶺次郎は思う。花開かせるのが自分の仕事であるような気もした。

「みませーみせーまーしょ、うらどをあけて、月の名所は桂浜……か」

「なんじゃ、その歌は」

「よさこい節ちゅう歌よ。染地殿が教えてくれた。ここは月の名所らしいが、夜明けも美しいのう」

少年のような目で、草間は明けていく東南の空を見つめている。嶺次郎も一緒になって夜明けの空を眺めた。

「首領はおんしじゃ、草間さん」

え？　という顔で草間がこちらを見た。嶺次郎の心は決まっている。

「土佐赤鯨衆の首領は、草間清兵衛《せいべえ》、おんし以外にない。皆も異論はなかろう。土佐勤王党は武市《たけち》瑞山《ずいざん》が率いたが、土佐赤鯨衆は草間さん、おんしが率いよ」

「びいどろ童子が武市やったら、どがいする？」

軽口を叩《たた》くように、草間は言った。嶺次郎は浜にゴロンと寝ッ転がって、

「そんときゃそんときよ」

波音にまぎれるように、鳥の声が響き始めた。明るくなりはじめた空には筆で刷《は》いたような薄い筋雲が、沖の方から頭上へと流れていた。

静かな朝だった。しかし力に満ちた朝だった。

ここから始まる熱く激しい日々を、嶺次郎は予感していた。生前は越えられなかった壁を越え、そして遙《はる》か先へ。

この男たちと一緒ならば、行けるような気がしていた。

「行こうぜよ。草間さん」

「ああ、行こう」

そう言い合った言葉の意味が、草間には伝わっている。そんな気がしていた。

＊

斐川《ひかわ》が教えた《闇戦国》の流儀に従って、浦戸城から「抜魂《ばっこん》」を済ませた嶺次郎たち赤鯨衆は、浦戸城に、最初の「印」を打ち立てた。城を再び怨将に奪われないためだ。そのために、礎石《そせき》に自分たちの刻印を打ち、結界となす。

赤鯨衆の最初の城という意味で、城跡に残した礎石に草間が「土佐赤鯨衆」と墨書きした。そのうえに、各々《おのおの》が自らの分身となす五色石《ごしきいし》を桂浜から集め、礎石の上にケルンのごとく積む。それだけで充分、刻印になるのだという。

さらに流儀に従って、結界を何重にも張り、とうとう浦戸城は草間たち赤鯨衆の「根城」となった。

（これでええか。戦友よ）

浦戸の地縛霊たちは、もうここにはいないようだった。成仏できたのだろう、と思って、嶺次郎は手にした線香に火をつけた。抹香《まっこう》の香りで怨念を浄化する。

(死の地を洗って、新たな一歩となす)

そう心に誓った嶺次郎がふと、何者かの強い視線を感じて振り返った。しかし視線を感じたところに、人は誰もいない。

「どうした。嶺次郎」

「草間さん、何かいる」

背後の松林の中に、嶺次郎は奇妙な影を察知した。騎馬だ。馬に跨《また》った軍装の男が、松林の陰からじっとこちらを見つめている。腰まで届く銀髪をなびかせ、体には白い炎をまとっている。

ただものではない。

嶺次郎は思わず念鉄砲《ねんでっぽう》を永吉の腕からかっさらい、松林への騎馬へと銃口を向けようとした。が、

(消えた)

ろうそくの炎を吹き消すがごとく、騎馬の姿は消えてしまったのだ。嶺次郎は火縄銃《ひなわじゅう》をおろした。しかし、やけに強い気配だった。今までに見たことがないほど。

(あの騎馬はいったい……)

第五章　英雄は一日にしてならず

土佐赤鯨衆《とさせきげいしゅう》。

浦戸《うらど》城を奪還《だっかん》した雑兵《ぞうひょう》軍団は、やがて次々と、一度は本山茂辰《もとやましげたつ》に奪われた城を奪い返しにかかり、とうとう高知《こうち》市街を含む一帯の城全《すべ》てを、自分たちの勢力下に置くまでになっていった。ただの雑兵集団ではないことは、その戦いっぷりを見ればわかることだ。ほとんどはゲリラ戦ともいうべき戦法で、ひとかどに名のある怨将《おんしょう》たちからすれば、「まともでない」こと限りない。城攻めにしろ何にしろ、戦国時代の戦場に身を置いてきた者たちは、彼らなりに戦《いくさ》の文法のようなものを持っている。しかし雑兵たちにはそれがない。

卑怯《ひきょう》な手は使うわ、平気でだましうちはするわ、ひどい時には水商売の現代人女を送り込んで敵をたらしこみ、キャバクラ通いにハマらせて、城主が留守になったところを、城盗《しろと》りしてしまう始末だ。時には物欲につけこんで、さんざんうまい儲《もう》け話があるとそそのかしてノセた挙句《あげく》、借金をさせるだけさせて、そのカタに城を奪ったりもした。

要するにやり方が小狡《こずる》い。

毒づかれても、一領具足《いちりょうぐそく》どもはどこ吹く風だ。欲に走ろうと思えばどこまでも果てがないこの現代で、物欲なぞに足をとられるほうが悪い、と相手のせいにして、しれっとしている。

そんなアコギなやり方を貫《つらぬ》くうちに、早二年の年月が過ぎ、いつの間にか土佐の中央部を全て掌中《しょうちゅう》に収めてしまった赤鯨衆だ。

やることなすこと反則すれすれの雑兵軍団には、しかし、名も無き霊たちを妙に惹《ひ》きつける何かがあったのだろう。仲間は着々と増えて、敵から寝返る者もしばしばあった。

そんなある日のこと――。

中川《なかがわ》診療所（相変わらず開いていたのだ）に、ひとりのお遍路《へんろ》が訪れた。四国《しこく》ではお遍路姿は珍《めずら》しくはないが、その男は歩き遍路をやっていたらしく、日に焼けて肌は真っ黒、菅笠《すげがさ》の陰で二つの目が爛々《らんらん》と輝いている。応対に出た中川も、ただ者ではないことは、すぐにわかった。

「診察ですか」

いいや、と答えて遍路は笠を脱いだ。

「わしの名前は平四郎《へいしろう》。傀儡子《くぐつ》をやっちょります平四郎と申す者です」

「傀儡とは、でこまわしのことですかいの」

「はあ、まさに。わしの名は〝木偶《でく》の平四郎〟旅の人形遣《づか》いです。でこまわしをしながらあちこちらを巡っちょります」

四国では遍路姿だと一番怪《あや》しまれないということで、この姿だという。

「……はあ。あいにく皆、忙しゅうて、でこまわしを見る余裕はないのです」

「いえ、商《あきな》いしたいのはでこまわしのことではないがです。情報を買ってもらえんやろか」

情報？　と中川は首を傾《かし》げた。

「旅芸人の耳には諸国のよしなしごとが知らず知らず入ってくるもの。せっかく入ってきたもん売り物にならんかいな、と思うて、御用聞きにきた次第」

そこに草間《くさま》と嶺次郎《れいじろう》もやってきた。中川から話を聞いて二人とも興味を持った。

「要するに情報屋か」

「《闇戦国《やみせんごく》》の情報でしたら、どんなことでも売り買いしちょります。雇っていただけば、必要に応じて探索《たんさく》に赴《おもむ》くこともできますき」

赤鯨衆という新興勢力が出来たと聞きつけ、営業にやってきたというわけだ。

「四国はもちろん、四国の外の情報も、取りそろえておりますき」

「外もか」

草間と嶺次郎にとって四国の外は外国も同じだ。ふたりは顔を見合わせてから、

「面白い。いろいろ聞かせてもらおう」

＊

近隣の怨将の動向については、諜報班《ちょうほうはん》の真木《まき》たちが逐一《ちくいち》調べ上げてくるが、四国全体、ましてや四国の外のことなどは、まったくわからない嶺次郎たちにとって、平四郎の話は刺激的だった。

怨将は全国で甦《よみがえ》っている。東では今川《いまがわ》・北条《ほうじょう》さらに伊達《だて》。芦名《あしな》や佐竹《さたけ》なども怨将の名乗りを挙げている。西では小早川《こばやかわ》・吉川《きっかわ》を含む毛利《もうり》ファミリー、九州《きゅうしゅう》からは大友《おおとも》や竜造寺《りゅうぞうじ》なども出てきつつあるそうな。いずれも四国から出たことのない嶺次郎たちでさえ知る名だから、相当な有名どころだろう。

「織田信長《おだのぶなが》なんぞは復活しちょらんがか」

「信長は……聞きませんなぁ」

「なんじゃ、つまらん」

「しかし信長の配下は動いちょります。何やら主《あるじ》の復活を確信しちょるような嫌な動きですな」

武将以外では、畿内《きない》の一向宗《いっこうしゅう》も力をつけているという。門徒《もんと》たちは各地にいて怨将を上回る勢力になりつつあるという。草間も嶺次郎も圧倒されてしまった。

「そがいな連中が四国に乗り込んできたら、厄介《やっかい》じゃのう」

「まあ、今のところはその気配はなさそうです。この四国は特別ですき」

「特別とは？」

「四国にはぐるっと島を廻《めぐ》る八十八カ所の札所《ふだしょ》があるがですろう？　ご存じか知らんが、あれは弘法大師《こうぼうだいし》様が千二百年も前に築いた結界なのです」

結界？　と草間も嶺次郎も目を丸くした。

「たはー。土佐に住んじょっても初耳じゃ。あれが結界とは知らなんだ」

「ええ、生きちょるうちは、あまり関係ない話です。しかし霊同士の戦となれば話は別です」

なぜなら四国結界は外から入る霊にとっては大きな障壁《しょうへき》なのだ。いわば四国の者は弘法大師の大きな家に守られているのである。そういえば、と嶺次郎は思い出し、

「昔、どこかの遍路から聞いたことがあった。四国という島は生きた猪《いのしし》で、弘法大師の張った四国結界ちゅうもんによって生かされちょると。そのことかいの」

「ああ、それですそれです。ほじゃき、四国は難攻不落《なんこうふらく》の城塞《じょうさい》も同然なのです。だから外からの侵略に対してはまず安全ですが」

平四郎は出された茶をすすりながら、ふと神妙な顔になり、

「ひとつだけ気ぃつけた方がええもんが」

「気ぃつけた方がええもん？」

「夜叉《やしゃ》です」

声を潜《ひそ》めるようにして平四郎が言ったので、草間と嶺次郎も思わず身を乗り出してしまっ

た。

「毘沙門天《びしゃもんてん》の眷属《けんぞく》で、我々怨霊を毘沙門天の力を使って簡単に《調伏《ちょうぶく》》してしまう輩《やから》がおるのです。その者らは戦国時代から換生《かんしょう》いうて、体を乗り換えながら四百年生き続けてきたとか」

「憑依《ひょうい》をしてか」

「いえ、憑依ではなく換《か》えるがです。元の持ち主を追い出して自分が肉体に根を下ろし、肉体を奪いながら生きちょるそうな」

「まさに夜叉じゃの」

「彼らは生きちょる人間と同じですき、結界の影響なぞ受けません。その気になれば、ここにいるわしらを毘沙門天の力でチョチョイと一掃《いっそう》することも朝飯前」

ぞーっと震え上がってしまった。チョチョイと……か？

「四百年前からちゅうと戦国の頃か。わしらが生きちょった頃からじゃの」

「ええ。なにせ、越後《えちご》の上杉謙信《うえすぎけんしん》ゆかりの者といいますき」

草間も嶺次郎もギョッとして今度は後ろに体をひいてしまった。上杉謙信。四国の嶺次郎たちでさえ、その名は伝説的に聞いている。越後の軍神《ぐんしん》と謳《うた》われた、武田信玄《たけだしんげん》と双璧《そうへき》を成《な》す戦国の巨星だからだ。

「上杉謙信のゆかりが、夜叉になったがか」

「ええ、ほじゃき〝上杉夜叉衆〟と呼ばれちょります」

嶺次郎は驚いた。土佐赤鯨衆と何となく名前が似ていたから余計に驚いた。上杉夜叉衆。そんな者たちが存在したとは。

「噂《うわさ》によれば、謙信の命により、死して選ばれた五人の家臣《かしん》が越後の怨霊封じのために働き始めたのが最初であるとか。しかもその首領は上杉景虎《かげとら》いう謙信の息子らしい」

「謙信の息子が夜叉に？」

「正確には養子じゃ。相模《さがみ》の北条氏康《ほうじょううじやす》の七男が越相同盟《えつそうどうめい》を結んだ折に、人質として上杉の養子になった者だとか。謙信の死後、もうひとりの養子・景勝《かげかつ》と家督《かとく》争いの戦を起こして、敗れ、怨霊になったところを、謙信に呼ばれて甦《よみがえ》ったたっちゅう話じゃ。それがいつの間にか日本中で怨霊退治を請け負うようになったらしい」

要するに戦国大名のお家騒動で負けて死んだ側に、怨霊祓《ばら》いの御鉢《おはち》が廻《まわ》ってきたということか。なんだか突拍子《とっぴょうし》もない話だ。イナゴの大発生でもあるまいし、そんなに越後は怨霊だらけで困っていたのだろうか？

「それで……？　その上杉景虎ちゅう男が夜叉を率いて、わしらを滅ぼしに来ると？」

「ところが、景虎はどうも今はおらんらしい。他の連中が細々と怨霊退治をしちょるそうじゃき、まあ、あまり恐れることもないですろ」

しかし用心に越したことはない。換生者は四国結界も物ともしないし、憑依霊のように簡単には見分けがつかないのだから。

「不審者を見かけた場合はすぐに報《しら》せるよう、皆には呼びかけておこう」

＊

その後も赤鯨衆の快進撃は続いた。長宗我部《ちょうそかべ》の代わりにあたりを牛耳《ぎゅうじ》っていた本山茂辰を追い詰め、ついには落城へと追いやることができたのだ。

ここでもまた、びいどろ童子《どうじ》が活躍した。瓜生野《うりゅうの》へと逃げる本山が最終兵器として残していた《蟲焼《むしや》きの結界》に、気づいたのが、びいどろ童子だった。霊力をありったけ溜《た》めて一気に燃焼することで、憑依霊《ひょういれい》たちを焼き尽くす、恐ろしい仕掛けだった。おかげであやうく難を逃れ、命拾いした嶺次郎たちだ。最後は熾烈《しれつ》な総力戦になったが、赤鯨衆専用に量産した念鉄砲から凄《すさ》まじい集中砲火を浴びて、《闇戦国》の怨将・本山茂辰は滅び去っていった。

「よっしゃーっ！　ついに本山を倒したぞーっ！」

勢いにのった赤鯨衆はついに土佐《とさ》中央部を完全制覇《せいは》したことになる。長宗我部のおおもとなる勢力圏も見事に奪還《だっかん》した。

「もう誰も、わしらのなわばりには入れんがぞーっ！」

「わしらのシマじゃ！　赤鯨衆が土佐のへそを押さえたぞーっ！」

本山の城趾《しろあと》で、喜びに沸く赤鯨衆の隊士たちを見つめていた嶺次郎は、ふとまた、背中に強い視線を感じて、思わず振り返った。身構えねばいられないほど強い気配だった。

（誰じゃ）

その視線に覚えがあった。浦戸城を最初に奪還したときに感じた視線だ。それからも何度か、城を攻め落とした時に感じたのだが、姿までは捉《とら》えることができずにいた。

（ええい、今日こそは！）

「おい、どうした、嶺次郎！」

草間の声にも答えず嶺次郎は走り出した。気配があった。確かにこの山林の向こうに逃げていく気配が。

「待たんかッ、賊《ぞく》め！」

嶺次郎はしつこく追った。杉林を縫《ぬ》うように上がっていく細い山道だ。嶺次郎の目がその先に捉《とら》えたのは騎馬だ。一騎の騎馬武者が斜面をひょいひょい駆け上がっていく。

「待ていうちょる！」

藪《やぶ》をかきわけ、谷沿いの道に出た嶺次郎は、あっと息を呑《の》んだ。その先の岩の上に、騎馬がこちらを向いて待ち構えていたのだ。

騎馬武者は鎧姿《よろいすがた》だった。顔の下半分を面頰《めんぼお》で覆《おお》い、目だけを出している。生身なのか霊体なのか嶺次郎には区別がつかなかった。

「貴様、こないだっから何用じゃ！　わしらを偵察にでもきちゅうがか！」

騎馬武者は答えない。銀の鎧に、銀の兜《かぶと》、その下から長い銀髪が風にあおられている。
《なかなかやりよる。長宗我部の》
はじめて騎馬武者が声を発した。張りのある、若々しい男の声だった。若武者のようにも聞こえたが、やけに威厳《いげん》も感じた。
《主《あるじ》なき雑兵軍団が、あれだけの働きをするとは、見事なものだ。しかし、おまえたちの強さの秘密は見えている。強運のわけも》
「なんじゃと！　おい、おんしゃ何者じゃ！　名を名乗れ！」
《我が名は虎《とら》》
騎馬武者はあたりに轟《とどろ》くように言い放った。
《見事な戦、堪能《たんのう》させてもらった。だが、怨霊ども、いつまでものさばらせておくわけにはいかん。覚悟を決めておけ》
手綱《たづな》をひくと、馬が大きくいなないて後ろ足立ちになった。
《いずれ、あいまみえん！》
ふわ、と大きな風が起こり、谷の清水が巻き上げられて、水滴の幕を生み出した。視界を閉ざされながらも、嶺次郎は後を追いかけようとしたが、辺りには霧が流れるばかりで、もう銀の騎馬武者の姿はどこにもない。ひづめの音も立てずに、どこかへと消えていってしまった。
嶺次郎は杉林の真ん中に茫然《ぼうぜん》と立ち尽くすのみだ。

(虎？　虎じゃと……？　まさかあれが！)

＊

「なんじゃと！　上杉の夜叉衆が土佐に来ちょるじゃと！」

浦戸に引き揚げた後、戦勝祝いに湧く仲間の中から草間を引きずり出した嶺次郎は、あの銀の騎馬武者の話をして、警戒を呼びかけた。

「カゲトラとかいうやつに違いない。わしらのことをずっと見張っちょったのじゃ。どがいする。草間さん」

「どがいもこがいも、見つけ次第倒すしかなかろう。こうしてはおられん。酒なんぞかっくらっちょる場合ではない。で、その男、どこに向かった」

「消えよった」

消えた？　と草間は怪訝《けげん》な顔をしてみせた。

「おかしいの。霊でもないのに消えるわけがなかろ。相手は換生者ぞ。換生者は生き人と同じ。簡単に消えたり出たりはできぬがよ」

言われてみればその通りだった。換生者は生身の肉体を持っている。だいたい生身であんな大きな馬に跨《また》がって、一瞬で姿を消せるはずがない。

赤鯨衆の強さの秘密を握っているようなことを言っていた。どこぞの偵察者には間違いないのだが、何者なのか。何を仕掛けてくるつもりだ？

嶺次郎の嫌な予感はあたり、それからほどなくして、事件は起こるのだ。

＊

「リョーマ様、今日も一日、無事に過ごせますように」

中川診療所の庭先のお堂に、手を合わせているのは葛城一蔵《かつらぎいちぞう》だ。びいどろ童子はすっかり赤鯨衆の守り神となり、有志が庭に小さなお堂まで建ててしまった。ピンチになると必ず助けにきてくれるので、皆はもう、びいどろ童子の正体は竜馬《りようま》だと信じ込んでいる。

「ついでに、わしらの小遣《こづか》いも、もう少し増えますように」

「小遣いなら充分やっちょろうが」

後ろからこづかれて、一蔵は「痛」と振り返った。

「なんをするかーっ。わしのお祈りの邪魔《じやま》をするな。小遣いよこせ」

一蔵は同郷とあって、嶺次郎にはタメロだ。嶺次郎は呆《あき》れ顔で、

「おんしの頭は小遣いのことで一杯じゃの」

「わしの働きからすれば今の二倍は貰《もら》えて当然じゃ」

「大した働きもしちょらんくせに阿呆《あほ》ぬかすな。大体おんしらはびいどろ童子に頼りすぎじゃ。童子はの、おんしらが、あんまり不甲斐《ふがい》ないきに仕方のう助けにくるんじゃろうが。願い事などしちょる暇があったら己《おのれ》を鍛《きた》え」

「エラっそうに。おんしのそーゆーとこが好かんのじゃ！」

「おう、おんしなんぞに好かれんで結構。痛くもかゆくもないわ。真木《まき》が呼んじょったぞ。早う行け」

「あー、リョーマ様！　リョーマ様にこき使われるほうがよっぽどマシじゃ！」

と憎まれ口を叩《たた》きながら渋々出ていくのだが、一日もたてば「小遣いくれ」とすり寄ってくるのだから調子がいい。坂本《さかもと》竜馬がどんな人物かもよく知らないくせに「名のある英雄」くらいの気分で崇《あが》めているらしい。そこは雑兵の無責任さで、何かピンチに陥《おちい》っても、びいどろ童子が助けに来てくれると呑気《のんき》に構えている。そう都合よくいくか、と毒づく嶺次郎は正しい。

びいどろ童子は、嶺次郎や草間の夢に現れては一方的に「お告げ」を残して去っていくので、正体までは摑《つか》めない。あれが坂本竜馬の少年時代の姿なのだとしたら、ずいぶん子供時代は可愛《かわい》い顔をしていたようだ（と遺《のこ》された幕末の写真を見て思う）。竜馬を知る隊士は数名いるが、少年時代まで知る者はいないようで、照合しようにも難しい。

（お助け神になんぞならんで、仲間になればいいものを）

と嶺次郎は思うが、それはそれで、お株をとられそうで困る。あくまで「草間が首領の赤鯨衆」でなければならぬ、と思っている嶺次郎は、自分らよりも名も実もある英雄に、主導権をとられることを何よりも恐れていた。

「それじゃ、行ってくるきに！」

斐川《ひかわ》が指揮する隊が、かつての長宗我部の居城・岡豊城《おこうじょう》に出発していったのは、その周辺で反長宗我部の霊たちが、騒ぎ始めたためだった。とはいっても、ほとんどは残党の類《たぐ》いで、斐川たちの実力ならば鎮圧《ちんあつ》は時間の問題だろう。

「気をつけて！」

「わしもそろそろ出発じゃ。留守を頼むぞ嶺次郎」

見送る中川と嶺次郎の隣で、草間も忙しそうにしていた。草間はこれから真木とともに中村《なかむら》へと発《た》つ。敵の偵察だ。中村は土佐《とさ》西部の四万十《しまんと》川河口にある町で、かつて土佐の主と呼ばれた一条《いちじょう》氏の「中村御所」があった。

赤鯨衆なる新興勢力の動きを、一条方も黙っては見ていられないのだろう。本山氏が滅んでからこっち、ひどく突っつかれるようになってきた。

「なぁに。今じゃ中村まで二、三時間も列車に乗れば着くき。明日には戻る」

「気をつけていき。真木、草間さんを頼むぞ」

任せてください、と真木は胸を叩《たた》いた。

赤鯨衆のアジト村も、今日は皆、出払っていて、ガランとしたものだ。幹部は嶺次郎と中川くらいしか残っていない。

「久しぶりにふたりきりですね。今日はクエと鯨肉《くじらにく》が手に入ったがです。診療所も早めに閉めて、皆に内緒でハリハリ鍋《なべ》でもつつきましょう」

「それがええ」

秋の夜長にふさわしく、松虫・鈴虫が大合唱だ。ススキの穂が揺れている。故郷《さと》の夜を思い出し、嶺次郎は久しぶりに静かな母屋《おもや》の縁側で、柿《かき》にかじりつきながら、月を眺めた。

しかし頭の中は今後のことでいっぱいだ。この土佐で、赤鯨衆の力をどう拡大していくか、そんなことばかり考えている。

（今を逃す手はない。死んで手に入れたやりなおしのチャンスじゃ。生き直すことはできんが、この《闇戦国》でなら生前は手に入らなんだものが摑《つか》めるかもしれん。やるしかない。のしあがっちゃる……！）

渋みの残る柿を食いながら、念じていたそのときだった。ふと、今まで騒がしいほど大合唱していた虫たちが、ぴた、と鳴き止《や》んだ。辺りがやけにしんと静まり返ったのが、かえって、嶺次郎を我に返らせた。

（誰じゃ？　誰ぞ帰ってきたか？）

嶺次郎は縁側から草履《ぞうり》をつっかけて外に出た。寒気が入り込んできているせいか、風が冷たい。西の空に、こうこうと月と宵の明星《よいのみようじよう》が輝いている。

（空が黒い）

夜空がいつも以上に黒く感じるのは、快晴だったためだろう。筋雲ひとつない冴《さ》えきった夜空に、嶺次郎はわけもなく胸騒ぎを感じた。

ふうっと淡い光が嶺次郎の前を横切った。蛍《ほたる》か？　と思って視線で追うと、畑の向こう側がぼんやりと光っている。びいどろ童子のお堂があるあたりだ。

（なに）

お堂全体がぼんやりと光を放っているではないか。蛍の群《むれ》にでも取り囲まれているような、淡く温かい光だ。

（これは）

目を凝《こ》らした嶺次郎は、息を呑《の》んだ。

お堂を取り巻くように、様々な姿をした童子がいるのだ。しかも七人。信心深くもない嶺次郎にはその童子らの名はわからなかったが、びいどろ童子とよく似ていることだけは確かだ。不動明王《ふどうみょうおう》の眷属《けんぞく》・八大童子だった。金剛棒《こんごうぼう》を握る制吒迦《せいたか》童子、五智杵《ごちしょ》を握った慧光《えこう》童子、宝珠《ほうじゅ》をもった慧喜《えき》童子、阿耨達《あのくだつ》童子、指徳《しとく》童子、烏倶婆迦《うくばが》童子、清浄比丘《しょうじょうびく》……。嶺次郎は何度も目をこすった。

（なんじゃ！　びいどろ童子を迎えに来たとでも言うがか？）

「嘉田《かだ》さん、ぶどうもありましたき、これも……」

「しっ」

縁側から顔を出した中川を黙らせて、嶺次郎はお堂のほうに近づいていく。中川も異変に気づいて、慌《あわ》てて外に出てきた。

「な、なんですか。あの童子の群れは」

「おんしにも見えるがか」

「はい。あれはもしや、びいどろ童子の仲間ですか」

そうこうするうちに七人の童子がお堂の扉を開けてしまった。そして中から「びいどろ童子」をとりだしたのである。

「な、何をしちゅうがじゃ！」

叫んで嶺次郎が慌てて駆け寄っていった。すると七人の童子がこちらに気づいたらしい。一斉に嶺次郎を見ると、制咤迦童子がこちらに手を伸ばし、カッと唸《うな》った。

「ぐは！」

「嘉田さん！」

ぼうっと燃焼音がして、嶺次郎たちとの間に炎の壁が生まれた。ただの炎ではない。炎が人の姿をしているではないか。いや、人ではない。

弁髪《べんぱつ》を結《ゆ》い、倶利伽羅《くりから》剣を握り、左目を眇《すが》めて右目を剝《む》き、恐ろしい形相《ぎょうそう》でこちらを睨《にら》んでいるその姿形は、不動明王以外の何ものでもなかった。しかし嶺次郎は恐れ戦《おのの》くどころか、臆《おく》

することなく詰めより、

「くそッ、びいどろ童子をどこに連れていくつもりじゃ！」

「か、嘉田さん！」

「返せ！　童子はわしらの仲間じゃ！　おんしらの勝手になぞさせるか！」

泣く子も黙る、仏敵降伏《ぶってきごうぶく》の不動明王に向けて、嶺次郎は手にしていた念鉄砲を向けた。これには中川が驚いた。仏に鉄砲を向けるなど、罰当《ばちあ》たりもいいところだ。慌てて後ろから押さえ込んだ。

「や、やめてください！　バチがあたります！」

「離せ、中川！　そがいなもん関係ない！」

そうこうしているうちに、七人の童子は〝びいどろ童子〟を抱いて、スス……と闇の向こうへと、滑るように移動しだした。

「ま、待てーっ！」

追いかけようとする嶺次郎の前に、さらに激しい迦楼羅炎《かるらえん》を噴き上げて、巨大化した不動明王が立ちはだかる。あまりの炎の勢いに、嶺次郎たちは怯《ひる》んだが、そこで逃げ出す嶺次郎ではなかった。

「嘉田さん！」

中川の叫び声は半ば悲鳴だった。嶺次郎が念鉄砲を不動明王めがけてぶっ放したのである。

「ひーっ！　なんまんだぶー！」

頭を抱えてしゃがみ込む中川の横で、嶺次郎は容赦《ようしゃ》なく念鉄砲を連射した。不動明王は念の弾丸を立て続けにくらって、やがて炎がちぎれていき、そのまま消滅してしまったのである。

「な、なんちゅうバチあたりな！」

「追うぞ、中川！」

七人の童子は、林の中を滑るように奥へ奥へと進んでいく。嶺次郎と中川は走りながら、何度か念鉄砲をぶっ放したが、なかなか手応《てごた》えが返らない。

「待てっ！　待たんか！」

林道を抜けて、突然視界が開けた。そこは山麓《さんろく》の神社だ。カッと投光器を浴びせられたような強い光に驚いて、嶺次郎と中川は思わず手を翳《かざ》した。

「！　……おんしゃあ！」

そこにいたのは、騎馬武者だった。

銀の甲冑《かっちゅう》に銀の髪をなびかせた、あの武者だ。浦戸城や瓜生野で目撃した……！

《また会《お》うたな》

銀の騎馬武者の腕の中には、まるで赤子を抱くように、びいどろ童子がおさまっている。騎馬の周囲には七人の童子がいた。

「おんしかい」

虎《とら》、と名乗ったあの騎馬武者だった。嶺次郎は舌打ちした。

「なんのつもりじゃ」

《これは我が眷属にて、ずいぶん長《なご》う探しておった者。連れ戻しにまいった》

「おんしの眷属じゃとう？　どういう意味じゃ。そこにおる七人の童子も、おんしの眷属じゃち言うがかい！」

《おう、そうじゃ》

びいどろ童子を大事に抱えて、銀の騎馬武者が言い放った。

《わしはおんしら怨霊とは位がちがう。この童子は返してもらうぜよ》

言うと、馬の脇腹《わきばら》を蹴《け》って、嶺次郎たちの頭上を軽々と飛び越え、騎馬武者は走り去った。

この！　と嶺次郎は怒鳴り、念鉄砲を構え、騎馬めがけて連射した。

重い発砲音は、だが、虚空《こくう》に轟《とどろ》くばかりだ。嶺次郎たちはすぐに後を追ったが、騎馬武者の脚は速く、たちまち見失って、辺りからはすっかり気配も消えてしまった。

「なんてこった……」

びいどろ童子をまんまと連れていかれてしまった。あの騎馬武者はなんだったのか。八大童子を眷属にするということは、やはり神仏の類だったのか。念鉄砲も効かなかった。

「まさか、本当に仏が童子を連れ戻しに来たいうがか……」

茫然《ぼうぜん》と立ち尽くす嶺次郎の横で中川は、怪訝《けげん》な顔をしている。

「仏というのはおかしいですよ。嘉田さん」

「おかしい？　じゃが矜羯羅童子を眷属に従えちゅうがぜよ」

「あの騎馬武者――」

と中川は慎重な口調でこう言った。

「土佐弁を喋《しゃべ》っちょりましたよ」

嶺次郎は目を見開いた。

＊

びいどろ童子が何者かに「連れ去られ」てから、赤鯨衆のツキはがた落ちしてしまった。

岡豊《おこう》城に出向いた斐川の隊は、本山の残党たちの意外な奇襲にあって、あえなく撤退《てったい》を余儀《よぎ》なくされてしまい、中村に偵察に行った草間と真木は敵に発見されて捕《つか》まり、一時は身柄拘束《みがらこうそく》までされて、嶺次郎たちが救出作戦を敢行《かんこう》したおかげで、どうにかこうにか命拾いできたが、救出と引き替えに仲間数名を失う羽目《はめ》になってしまった。

びいどろ童子はいずれも助けに来なかった。いつもなら飛んでくるはずだから、と心に油断があったのかもしれない。

「なんじゃと！　びいどろ童子を連れていかれた⁉　おんしがいながら、何をしちょったがか！」

嶺次郎と中川は返す言葉もない。みすみす目の前で「びいどろ童子」を連れていかれてしまったのだ。赤鯨衆の守護神だ。皆があてにしていた大事な心の柱でもあった。

「面目《めんぼく》ない。必ずこの手で取り返してみせるき」

すると周りにいた隊士達が憤慨《ふんがい》して、

「トーゼンじゃ！　わしらが何十人いるよりもリョーマ様ひとりおったほうが百人力ぜよ！　そのリョーマ様をつれてかれるとは……！　責任とれ、責任！」

「ほうじゃ、嘉田！　責任とれ！」

非難囂々《ごうごう》浴びまくり、嶺次郎も中川もひたすら苦虫《にがむし》を噛《か》み潰して耐えるばかりだ。一蔵なぞは大袈裟《おおげさ》に悲愴《ひそう》な身振り手振りで、

「もう駄目じゃ！　リョーマ様なくしてわしらが戦に勝てるはずがない！　リョーマ様のいない赤鯨衆なぞ、所詮雑魚《しょせんざこ》の集まりじゃ。こがいなところにいてはよその怨将に潰《つぶ》される。一巻の終わりじゃ……！」

泣き言を言いまくる隊士たちの言葉に、だんだんムカッ腹が立ってきた嶺次郎だ。とうとう耐えられなくなり、力いっぱい、机をブッ叩いた。驚いて隊士たちが身を引くと、嶺次郎は怒りの形相で、

「おんしら、エエ加減にせえ。リョーマ様リョーマ様って、そがいに他人ばかりあてにして、

みっともないとは思わんがかッ」

草間や中川も驚いた顔でポカンと嶺次郎を見ている。嶺次郎は拳《こぶし》を机にぎりぎり押しつけて、

「そがいなことだから雑兵ばらはナメられるがぜよ。大勢でウゴウゴ群れなして己が責任とることから逃げ回って！　おんしら成仏《じょうぶつ》できんことも全部、仏のせいにでもしちょるのと違うか！」

「なんじゃとう！」

「いつか己も英雄になるなぞ口ばかりは達者じゃが、いざとなると責任とるのに腰がひけて結局何もできんがじゃ。決断もできん責任もとれん、なんなんじゃ、おんしらは！　誰かばかりをアテにして、そんで人の文句ばっかり言うちょる。ムカツクんじゃ！」

「逆ギレかいの！　おんしとて雑兵ばらのひとりじゃろうが！　おんしがいるよりリョーマ様がいてくれたほうが、なんぼもマシじゃ！」

「なんじゃとう！」

とうとう嶺次郎と一蔵がとっくみあいを始めてしまった。止めに入った草間たちも巻き込んで、最後は収拾がつかなくなってしまう。

「タイヘンじゃ――ッ」

そこに飛び込んできたのは、連絡当番で待機していた染地《そめじ》伸吾《しんご》だった。

「浦戸に大量の霊船が押しかけちゅう！」

「なんじゃと！」

「大安宅船《おおあたけぶね》を持つ軍船《いくさぶね》じゃ。首領を出せ。さもないと浦戸城を攻撃するち言うちょる！」

草間も嶺次郎も顔を見合わせた。内輪もめどころではなくなってしまった。全員とるものもとりあえず外に飛び出した。

＊

桂浜《かつらはま》の駐車場は夜間とあって、ほとんど車は見あたらなかった。約束の場所に駆けつけた嶺次郎たちは、その向こうの海に停泊するたくさんの霊船を目撃して息を呑んだ。

これだけの霊船団を見たことがない。いずれも安宅船や関船《せきぶね》、いかにも大洋を航行できるタイプのものが、二十隻《せき》はいるだろうか。中でも旗艦《きかん》と見える大安宅船の威容は見る者を圧倒する。鉄板装甲を持つ黒い安宅船だ。

大安宅船はすでに接岸して、乗組員らしき者たちが嶺次郎を待ちかまえていた。黒い上下に身を包んだ男たちだ。中でも中央に立つ黒髪を後ろに撫《な》でつけた眼光鋭い男、一際《ひときわ》強いオーラを宿して、目を剝いた。細面《ほそおもて》に吊《つ》り目の三白眼《さんぱくがん》、冷静そうな面構《つらがま》えは一見、知性派のように見えるが、撓《しな》る鞭《むち》のごとき無駄《むだ》のない肉体がそれだけの男ではないことを報《しら》せている。存在感が飛び抜けて強く、恐ろしいほど隙《すき》がない。

あれが軍船団の団長か。

「おんしらが赤鯨衆とやらか」

海風に吹かれながら、黒レザーの上下に身を包む男が言った。

「赤鯨衆首領・草間清兵衛《せいべえ》。おんしの名は」

「室戸《むろと》水軍《すいぐん》が長《おさ》、兵頭隼人《ひょうどうはやと》」

嶺次郎たちは再び度肝《どぎも》を抜かれた。室戸水軍！　噂《うわさ》には聞いていた。苛烈《かれつ》な掟《おきて》で統制された非情無敵の水軍団だ。土佐の東端・室戸を本拠地とする水軍で、もとは捕鯨《ほげい》船団だったものたちが水軍となり、紀伊《きい》水道をゆく船を恐れさせたという。

その室戸水軍が、なぜ！

「何の用じゃ。わしらを呼びつけた用件は」

「ここ数日、我らが仲間の船が、土佐湾《とさわん》を航行中、陸《おか》から謎《なぞ》の武器による攻撃を受けた」

冷徹な口調で、兵頭隼人はそう言った。

「宣戦布告もなしの攻撃は卑怯《ひきょう》である。我らを攻撃した理由を明らかにせよ」

草間は嶺次郎と顔を見合わせた。

「そがいな人間はおらん。わしらは陸専門じゃ。おんしらの船を攻撃する理由がない」

「どうかの」

兵頭は冷ややかに腕組みしながら、不遜《ふそん》な目つきで、

「攻撃は大砲などによるものではなく、金色の童子が船に体当たりしてくるものだったそうじゃ」

「金色の童子じゃと⁉」

嶺次郎は思わず言い返した。

「ああ、そうじゃ。火の玉のごとく飛んできた童子が右舷《うげん》に体当たりして船を沈ませた。沈む直前、甲板《かんぱん》からこのようなものが見つかっちょる」

と兵頭が掌《てのひら》を開いてみせると、そこには、ドロップ型のびいどろらしきものがあるではないか。

「おんしらが奇妙な童子を飼っちょるいう報せは我らの耳にも入ってきちょった。あれはおんしらの使う童子じゃろう」

赤鯨衆《せきげいしゅう》の面々は、言葉を呑んで、静まり返ってしまう。

「言い逃れはさせん。攻撃してきたのがおんしらならば、正直にそう言え」

「…………。わしらではない」

「とぼけても無駄ぞ」

「見せろ」

嶺次郎が兵頭の手からびいどろの欠片《かけら》を取り上げ、皆で凝視《ぎょうし》した。間違いない。この色合

い、この触りごこち、びいどろ童子の体と同じ材質のガラスだ。

「くそ、こういうことか」

「なんじゃと」

「びいどろ童子は確かにわしらの仲間じゃ。しかし何者かに数日前、連れ去られたがよ」

すると兵頭の横に控えていた副長の真島《まじま》がいきり立ち、

「嘘《うそ》じゃ！　すっとぼけおって！　そがいな作り話にひっかかるとでも」

「作り話ではない！　つまりそういうこっちゃ。わしらからびいどろ童子を取り上げて、おんしらを攻撃するために利用したい怨将がおったたっちゅうこっちゃ」

「なんじゃと」

嶺次郎の表情は怒りに燃えている。掌《てのひら》にあるびいどろの欠片はまるで童子の涙のようで胸が締め付けられた。嶺次郎にはようやく見当がついたのだ。

「……"虎《とら》〟か。なるほど、わかったぞ。あの騎馬武者の正体が」

「なんじゃと。正体摑めたか、嶺次郎」

おう、と煮え立つ腹を抱えて、嶺次郎は虚空を睨《にら》みつけた。

「取り返しちゃる。わしらの仲間を」

第六章　新たに生きる

　そこからの嶺次郎《れいじろう》たちの動きは電光石火《でんこうせっか》だった。

　一度は奪われた岡豊城《おこう》に猛攻をかけて取り返し、そこを拠点として、上夜須《かみやす》城を急襲した。上夜須城は、《闇戦国《やみせんごく》》では安芸《あき》氏の勢力下にある城だったが、そこを奇襲した嶺次郎たちが人質にとったのは、城代《じょうだい》として送り込まれていた黒岩越前《くろいわえちぜん》なる武将だった。

　赤鯨衆《せきげいしゅう》の面々は、その者を人質にとった旨《むね》を、黒岩の主君へと伝え、びいどろ童子《どうじ》との人質交換を申し出たのである。

　黒岩越前の主君の名は、
　安芸国虎《あきのくにとら》。

　土佐《とさ》東部・安芸を本拠とする、土佐屈指の大豪族だ。出自は壬申《じんしん》の乱で土佐に追放された蘇《そ》我赤兄《がのあかえ》とも言われ、土佐東部を治めて長く繁栄を誇った名族である。だがその安芸氏は国虎の代に、長宗我部《ちょうそかべ》の台頭によって滅ぼされた。安芸は、土佐で最も権威をもった一条氏《いちじょうし》と婚姻《こんいん》関係を結ぶなどして、これに次ぐ格式を誇ったが、下剋上《げこくじょう》によって頭角を現してきた長宗我部元《もと》親《ちか》の力の前に、あえなく滅亡の道を辿《たど》った。

だから、長宗我部に対しての怨《うら》みは、どこよりも深く激しいものがある。

嶺次郎が人質交換の場に指定したのは、八流《やながれ》の嶮《けん》だ。八流は夜須から安芸に至る海岸線上において有数の難所とされている。山裾《やますそ》がそこだけ海に大きく迫《せ》り出して、絶壁を成しており、海岸線を極端に狭くして、天然の関となっているのだ。この上には砦《とりで》もあり、狭い海岸から攻め込むしかなく、守る側には天然の要害である。現在は海沿いに国道が走っていて、往時《おうじ》を忍ぶ痕跡《こんせき》はかろうじて地形にみられるくらいで、近くのドライブインにかろうじて説明板があるのみだ。ここはかつて、長宗我部と安芸の軍が激戦を繰り広げた戦場だ。「血は馬蹄《ばてい》をひたし、屍《しかばね》は野径《のみち》に横たわれり」と『土佐物語』にも記された惨状は目を覆《おお》うものがあったという。

その因縁《いんねん》の地・八流で、赤鯨衆は人質交換のため、城主・安芸国虎を名指しで呼び出した。

嶺次郎には、あの騎馬武者の正体がわかったのである。

「虎は虎でも、そっちだったがか。安芸の殿さんよ」

約束の時間だった。月の光が波間にきらめく。国道を走る車のライトが、防波堤に立つ男を捉《とら》えた。マント風の外套《がいとう》に身をくるんだ、ひとりの男が、浜にいる嶺次郎たちを見下ろしている。

「よう来たな。一領具足《いちりょうぐそく》ども」

黒髪をなびかせて、若者は言い放った。

「わしが安芸城主・安芸国虎である」

若い男の肉体に宿ってはいるが、彼は憑依霊《ひょういれい》ではない。肉体を持ち主から奪って甦《よみがえ》った換生者《かんしょうしゃ》だ。怨霊《おんりょう》としての格が、嶺次郎たちよりも一段上だということの証《あかし》でもある。

嶺次郎にも読めていた。彼の前に再三現れた銀髪の騎馬武者、あれは実体ではない。国虎が投念した分身だった。念鉄砲《ねんでっぽう》を撃ち込んでも手応《てごた》えがなかったのはそのせいだ。国虎はすこぶる高い霊能力の持ち主だったようだ。ずっと分身を使って嶺次郎たちのことを自ら偵察《ていさつ》していたのだろう。

「我が重臣・黒岩越前を人質にとるとは。なかなか考えたのう、おんしら」

捕らえられた黒岩越前は、憑依を無理矢理解かれて、今は霊を封じる壺《つぼ》に閉じこめられて、草間《くさま》の腕の中にあった。

「一領具足の分際で過分の振る舞い。……許さんぜよ」

「こっちの台詞《せりふ》じゃ。びいどろ童子《どうじ》は連れてきたのか」

このとおりじゃ、と国虎が片手にびいどろ童子を摑《つか》んで、高々と挙げてみせた。

「よくぞあの騎馬武者がこのわしだとわかったな」

「室戸《むろと》ん衆の船を攻撃させたのは、おんしじゃろう。安芸にとっては、わしら同様、目障《めざわ》りで仕方がない連中じゃったろうきの」

「ほう。そこまで読んじょったか」

嶺次郎たちが得た平四郎《へいしろう》の情報によれば、室戸衆を味方に抱き込もうとして、けんもほろろに断られたことがあったという。室戸と赤鯨衆を敵対させ、あわよくば、共倒れを狙《ねら》っていたのだろう。

「まことに仲間想《おも》いのええ御子《おこ》じゃの。あれはおんしらの仲間を滅ぼしに行こうとしちょる船じゃと告げたら、自《みずか》ら室戸の船めがけて襲いかかっていったわ」

「貴様、びいどろ童子を騙《だま》しおって！」

国虎は不遜《ふそん》な眼差《まなざ》しでこちらを見下ろしている。嶺次郎は上目遣《うわめづか》いに睨《にら》み付け、

「わしらもたいがいアコギなことをやっちょるとは思っちょったが、おんしはわしらに負けちょらんの」

「おんしらが調子こいちょったがは、このびいどろ童子がたまたまおんしらの下《もと》にいたおかげじゃ。これがおらねば、おんしら雑魚《ざこ》なぞ、安芸の鯨《くじら》が一呑《ひとの》みしちゃる」

「交換じゃ！」

草間が声を張り上げた。波濤《はとう》にも負けぬほどの大音声《だいおんじょう》で、

「黒岩の命が惜しくば、びいどろ童子を引き渡せ！　さもなくば、この者の霊魂、わしらが潰《つぶ》すぜよ」

防波堤に立つ国虎はマントをなびかせながら、眉《まゆ》をひそめて不快を露《あらわ》にし、

「黒岩越前は我が右腕。黒岩に指一本触れてみよ。おんしら、ただでは済まんぞ」

空気が変わった。まるで国虎の怒りを大気が察知したとでもいうのか、昼間でもないのに、突然日が陰ったように、あたりの気温がスウッと下がり、不穏な空気が漂い始めた。

ざざ、と不気味な音がして、砂の下から姿を現したのは、戦霊《いくされい》だ。朽《く》ちた鎧《よろい》を身につけ、血まみれになった戦死者たちが這《は》いずるように現れて、嶺次郎たちを取り囲んだではないか。あまりの数に、さしもの嶺次郎たちも息を呑んだ。

「ここは八流。長宗我部との戦《いくさ》で大勢の戦死者が出た地じゃ。わしの眼《め》には今も灼《や》きついちょる。この八流の嶮の激戦で討ち死した者の血で海は赤く染まった。供養《くよう》しても供養しきらぬ。ここにはまだ大勢の戦死者の魂が留《とど》まっちょる。そして、それらの霊はこのわしにつくことを誓ったがじゃ」

「ふざけるな！」

たまらず横合いから声を張り上げたのは、斐《ひ》川《かわ》だった。ここは斐川にとって因縁の地だ。彼が死んだのもこの地だったからだ。

「ここで死んだがは安芸の兵ばかりではない。長宗我部の者も大勢おったがじゃ！　誰がおんしなんぞにつくか！」

「死した者に安芸も長宗我部もない。おんしゃ幸い肉体を手に入れたきに、そがいなしがらみにもこだわれるがじゃ」

「なに」

「怨霊《おんりょう》ちゅうやつはもっと切ないもんじゃ。渇《かわ》きを癒《いや》してくれるものならば、誰でもええ。そういうもんじゃ。甦るっちゅうことは、その切なさを忘れることやったのかもしれんの。くだらん甦りで命を浪費する、腐ったやつばらめ」

国虎は低い声でうなるように言うと、マントを払って、腰の剣を抜き放った。

「やれ！　あの壺を奪い、あの者たちを肉体から引きずり出すがじゃ！」

八流の怨霊が一斉に嶺次郎たちめがけて襲いかかった。くそ、と叫んで草間が封霊壺を奪われまいと抱え込むが、怨霊たちは群がってくる。嶺次郎たちも渾身《こんしん》の力を振り絞《しぼ》って念で対抗したが、

（なんじゃ！　こやつらの強さは！）

ここまで執拗《しつよう》な怨霊とは戦った覚えがない。一瞬でも気を抜けば、体に飛び込んできて嶺次郎を引きずり出そうとする。他の者たちも獰猛《どうもう》な勢いで襲いかかってくる怨霊の力に圧倒されて、抵抗しきれずに霊体が半分引きずり出されるものまで出始めた。

崩れた顔や血まみれの顔が嶺次郎に群がって意味のわからない言葉を発しながら吠《ほ》えている。およそ人間とは思えぬ。いずれも怖気《おぞけ》立ちそうなほど壮絶な形相《ぎょうそう》だが、

（これは鏡か）

群がる霊体の毒気に耐えながら嶺次郎は念じた。

（このわしも、こがいな怨霊のひとりじゃった。何を恐れる必要がある）

（これは己《おのれ》じゃ。己を映し出しちょるだけじゃ）

行かなければ。己が壁ならば、己を突き倒してでも行かなければ。

「どけ——っ！　わしはこの先に行かねばならんがじゃ！」

雄叫《おたけ》び一声、嶺次郎は怨霊どもを振り払ってその一体から刀を奪うと、国虎めがけて地面を蹴《け》った。

「びいどろ童子を返せ——っ！」

立ちはだかる怨霊武者を薙《な》ぎ倒し、刀を大上段に振りかざして猛烈な勢いで国虎に迫った。国虎は身軽に跳躍《ちょうやく》し、嶺次郎の背を蹴って飛び越えると、下の浜へと着地する。側小姓《そばこしょう》とみられる少年にすかさず、びいどろ童子を預けると、自らも刀を構えた。

「おんしらには渡さん。長宗我部の！　我が恨み果たしてみせようぞ！」

「吠《ほ》たえな——ッ！」

嶺次郎が真っ正面から斬《き》りかかった。その刀を、国虎も真っ正面から受け止める。刃《やいば》と刃が暗闇《くらやみ》で火花を発した。

「一領具足の分際で、このわしに直《じか》に斬りかかるとは」

間近に睨み合いながら、国虎がニヤリと笑った。

「おんしら余程の死生《ししょう》知らずよ」

「それだけが取り柄じゃきのう！」

力いっぱい押しのけて、斬り結びあう。どちらも武骨な戦国の剣だ。土臭《つちくさ》い構えから繰り出す嶺次郎の剣は幕末人のような優美さはない。醜《みにく》い剣だが重さがあった。

「ぐは！」

鍔迫《つばぜ》り合いから蹴り倒され、国虎が浜に倒れ込む。嶺次郎はとどめはささずに国虎を飛び越え、びいどろ童子を抱いた小姓を追った。

「逃げるなあ！」

飛びかかり、もつれあいながら浜に転げ、ついにびいどろ童子を奪った。

「やったぞ！」

しかし喜んだのも束《つか》の間《ま》、国虎が嶺次郎めがけて念を撃ち込んだ。重い衝撃を胸にくらって嶺次郎は仰向《あおむ》けに吹っ飛ばされた。だが国虎が狙《ねら》ったのは嶺次郎ではない。びいどろ童子だ。赤鯨衆の手に戻るくらいなら砕いてやる……！　そういう一念だった。

「しまった！　童子が！」

今の衝撃でガラスの体に亀裂《きれつ》が走ってしまった。しかもそこに畳《たた》みかけるように、八流の怨霊たちが襲いかかってきたのである。雲霞《うんか》のごとく群がられ、嶺次郎は童子を手放すまいと抵抗するが、怨霊たちは激しく暴れ、腕の自由を奪っていく。しかも怨霊たちは、童子の亀裂へと、どんどん飛び込んでいくではないか。

「まずい……！」

童子の体全体に亀裂が広がった。

「びいどろ童子！」

パアン
という音とともにガラスが弾《はじ》けた。びいどろ童子の体が粉々に砕けた。国虎も目を剝《む》いた。草間や中川《なかがわ》や永吉《えいきち》たちも驚いて、そちらに目を向けた。砕けたところから、光が溢《あふ》れ、何かが飛び出してくる。

嶺次郎は息を呑んだ。

「……こりゃあ……」

卵の殻《から》が割れるように、砕けたびいどろの中から出てきたのは、胎児《たいじ》のように膝《ひざ》を抱えてうずくまった少年だ。

まだあどけない顔をした、十代前半くらいの、きゃしゃな体の少年だった。もちろん霊体のままだ。嶺次郎と草間にはその顔に見覚えがあった。何度か夢で「お告げ」をくれた、あの気弱な顔をした少年ではないか。

（やはり、あれがびいどろ童子に封じ込まれていた霊）

どんな恐ろしい怨霊が出てくるかと思った嶺次郎は拍子《ひょうし》抜《ぬ》けだ。丸くうずくまる少年はまるで行水《ぎょうずい》でも浴びていたかのように穏やかな顔をしている。

「おんしが封じ込まれちょった怨霊か……」

するると、少年は顔をあげて、こくりとうなずいた。そこに八流の怨霊武者たちが再びなだれこんでくる。

「あぶない！」

そのときだった。びいどろ童子から出てきた少年が、その体から強烈な閃光《せんこう》を発した。それは最後の矜羯羅童子《こんがらどうじ》の力だったのか、光に呑み込まれるようにして八流の怨霊たちは消えていく。

「！……国虎、貴様！」

騒ぎをついて国虎が、黒岩越前を封じた封霊壺《ふうれいつぼ》を奪い取り、浜を反対側へと走った。そこへ天空から、銀色の馬が降りてきたではないか。分身の騎馬武者が乗っていたそれはただの馬ではなく、安芸の神社に奉納された神馬《しんめ》の魂を顕現《けんげん》させたものだった。国虎は軽やかに飛び乗って跨《また》ると、分身の時と同様、手綱《たづな》を握って、

「おんしら、必ずこの手で倒しちゃるき、首を洗うて待っておれよ！」

言い放つと、胸に黒岩越前の霊を抱き、八流砦があった山手のほうへと駆け去って行ってしまった。永吉たちが後を追ったが、逃げ足が速く、とても捕《つか》まえるどころではなかった。

「びいどろ童子……！」

草間たちが駆け寄ってきた時には、びいどろ童子の少年は、もう霊体ではなくなっている。さっきまで国虎の小姓が憑依していた、どこぞの子供に乗り移っていた。

「おい、しっかりせい！」

嶺次郎たちに揺さぶられて、少年はようやく目を醒《さ》ました。

「あ……、ありがとうございます。草間さん、嘉田《かだ》さん」

少年は開口《かいこう》一番、そう言った。仏像だった頃からもちゃんと認識はあったようだ。皆がびっくりしていると、少年はハッと我が身のことに気がついて、砂浜で居住まいを正すと、ぺこりと正座でお辞儀をした。

「は、はじめまして。赤鯨衆の皆さん。わしの名前は、卯太郎《うたろう》いいます」

＊

卯太郎。

それが、びいどろ童子に封じ込まれていた怨霊の正体だった。

幕末の頃、少年ながらに土佐勤王党《とさきんのうとう》の準党員であったという。上士《じょうし》に無礼打ちをされるという事件で命を落とし、怨霊となっていたところを、ある和尚《おしょう》の手で、羚羯羅童子のびいどろ像の中に封じ込まれたという少年霊だった。

つまり、びいどろ童子の正体は、幕末は幕末でも、竜馬《りょうま》や武市《たけち》ではなかったわけだ。

「はあ、……すんません。ご期待に添えなくて」

びいどろ童子はリョーマだと信じていた隊士たちは、がっくり肩を落としている。卯太郎は恐縮そうにしていたが、「かまわんかまわん」と笑い飛ばしたのは草間だった。

「皆が勝手に思いこんだのが悪い。気にするな。おんしにはぎょうさん助けられた。このとおり、感謝しちょる」

「いえいえ、頭をあげてください。草間さん。わしはほとんど覚えちょらんのですき」

卯太郎は胸の前で手を振りながら、

「どころか、わしにそがいな力があったっちゅうのが驚きです」

「まあ、えてして、そういうもんじゃろのう」

嶺次郎は隣でニヤニヤしている。

びいどろ童子だった頃の卯太郎は、それはもう赤鯨衆のヒーロー並みに働いていたが、びいどろ童子でなくなった時点で、それらの力はどこかに消えてしまったらしい。多分、仏像に元々宿っていた矜羯羅童子と卯太郎が合体した結果、守護神的奇跡の数々を起こせたのだろう。

今の卯太郎は、ただの卯太郎だ。

「まあ、今までのが、運がよすぎたがよ。おまけみたいなもんじゃ。なくてもともと」

お試しサービスの期間が終わって定価に戻っただけのこと、と嶺次郎はさっぱりしている。

まあ、びいどろ童子が「ただの卯太郎」になってしまったせいで、戦力ダウンは正直、痛いが、隊士たちの他人に頼りすぎる性根を、そろそろ叩《たた》き直す時分だったのかもしれない。卯太郎も、これで名実ともに、赤鯨衆の一員となれたわけだ。草間は晴れ晴れとした顔になり、

「なにはともあれ、仲間が増えるがは嬉《うれ》しいこっちゃ。卯太郎の〝再入隊〟を歓迎して、久しぶりにこじゃんと騒ぐか」

物言わぬ仏像ではもうない。いっしょに笑うことも騒ぐこともできるのだから。

＊

卯太郎という少年、蓋《ふた》を開けてみれば、怨霊だったとは思えないほど、生真面目《きまじめ》でおとなしい性格だった。気弱なところがあるので荒くれどもに囲まれると小さくなって隅《すみ》に行ってしまうのだが、不思議と愛嬌《あいきょう》があるので、その荒くれどもからもほどなく可愛《かわい》がられるようになり、卯太郎自身も一念発起《ほっき》して、一人前の隊士になるべく、進んで鍛え始めた。

しかし、そんな卯太郎も怨霊となった理由は痛々しい。

貧しい足軽郷士《あしがるごうし》の出だった。ある日、若い上士が鷹狩《たかが》りに来て、卯太郎の家の畑に馬で踏み込み、作物をめちゃめちゃにしたのだ。抗議をしようとした卯太郎だが、「上士のしたことだから耐えろ」と言われて、耐えに耐えた。しかしあろうことか、その上士たちは、卯太郎が尊敬する勤王党の武市半平太《はんぺいた》を愚弄《ぐろう》したのだ。卯太郎はもう耐えられなかった。怒りが爆発し

て、斬りかかったところを、無礼討ちされた。

土佐の上士は、同じ侍である郷士を無礼討ちできる特権があったのだ。

上士への恨みは、卯太郎の霊を怨霊とさせた。嶺次郎にも負けぬほど、手のつけられない怨霊だったという。勤王党員として、まだまともな働きもないうちに、命を落としてしまったのだ。その無念はいかばかりだったか。

「ほうだったのか……」

話を聞いて、同情を寄せる嶺次郎に、卯太郎はしかし、朗《ほが》らかな笑顔で、

「でも、ここに連れてきてもろうたおかげで、独《ひと》りではなくなったがです。仲間ができたがです。それが何よりも嬉しいがです」

そう。びいどろ童子だった頃も、卯太郎は仏壇《ぶつだん》からずっと見ていたのだ。

入れ替わり立ち替わり、祈りにやってくる仲間たち皆の顔を。

＊

そうして、すっかり隊に馴染《なじ》んだ頃、草間《くさま》と嶺次郎《れいじろう》は卯太郎《うたろう》をつれて、山間《やまあい》の電車に揺られながら、久しぶりに寿桂尼《じゅけいに》のもとを訪れた。

思った通り、針原《はりばら》の里の庵主《あんじゅ》様はびっくりしていた。

「あ……あなたが、びいどろ童子《どうじ》」

卯太郎はコクリとうなずいた。庵主様は自分が大事にしてきたびいどろ童子が生身となって目の前にいることに、もう胸がいっぱいになってしまったのだろう。

「そう……そうですか、あなたが、あの」

こちらへいらっしゃい、と言われ、草間たちにも促されて、卯太郎は膝《ひざ》をするようにして尼《あま》様のもとへと近寄った。

「はじめまして、卯太郎さん」

尼様は腕を広げて、卯太郎を優しくその胸に抱きよせた。

卯太郎は顔を真っ赤にしてドキドキしている。びいどろ童子だったころの記憶はあまり残っていない卯太郎だが、そうやっていると、庵主様の優しい腕《かいな》に抱かれて大きな寺からこの庵《いおり》にやってきた時の記憶が、まるで赤子の頃のことのように、甦《よみがえ》るのだろう。庵主様の胸は温かく、母親を思いだして、卯太郎は心地よさそうだった。

その後、嶺次郎たちは卯太郎がびいどろ童子でなくなった経緯《いきさつ》を、ひと通り、庵主様へと語って聞かせた。

「……そうだったのですか。この国はどうなってしまったのでしょうね」

《闇戦国《やみせんごく》》のことを聞いて深い溜息《ためいき》をついている。

「それだけたくさんの方が、供養《くよう》されずに迷うておったとは……。私たち僧侶《そうりょ》の職務怠慢《たいまん》と言われても仕方ありません」

「いいや。庵主様のせいではないがよ」

嶺次郎はきっぱりと否定した。

「供養されても怨霊になるやつはなってしまうがじゃ」

しかし、庵主様は顔をくもらせている。長い話になりそうだから、外で遊んでいなさい、と言われた卯太郎は、喜んで外に出て、庭いっぱいを埋める花々と戯《たわむ》れている。風に揺れるコスモスの中でとんぼと遊ぶ卯太郎を見ているうちに、心が慰《なぐさ》められたのだろう。穏やかな顔になって、寿桂尼は言った。

「前に、嘉田《かだ》さんはわたくしに訊かれたことがありましたね。生き人なのに、なぜ霊をあの世に追い返そうとしないのかと」

「はあ……。庵主様は笑うばかりで答えてくれなんだ」

「昔、ある方に言われたのです」

口元の薄い皺《しわ》をゆるませて、庵主様は遠い目をした。

「私がまだ若かった頃のこと。私の夫は小さな会社を営んでおりました。しかし経営は苦しく火の車、山ほどの借金を抱えて、にっちもさっちもいかなくなっておりました。藁《わら》にも縋《すが》る想いで助けを求めた人には、助けられるどころか手ひどく騙《だま》され、裏切られて、かえって大変な借金を抱え込まされる始末。そんな苦渋《くじゅう》の日々に耐えられず、とうとう、夫は自《みずか》ら命を絶ってしまったのです」

　草間と嶺次郎は言葉をなくして、黙り込んでしまった。

「……それからです。夫はこの世で迷うてしまい、毎晩毎晩私の枕元《まくらもと》に現れては、この怨《うら》みを晴らしてくれ、と私に訴えてきました。私は悲しくて悔《くや》しくて、夫の怨みを晴らさねば、仇《かたき》をとって成仏《じょうぶつ》させてあげよう、と思い詰めた挙句《あげく》、ある日心を決めて、夫を騙した会社社長を殺《あや》めようと、大きな出刃包丁《でばぼうちょう》をバッグに隠して家を出ました。私はその男の後をつけ、どこかの高そうな料亭から出てきたところを、心臓ひと突きしてやるつもりでした。そしてついにその時が来たのです。私は殺すことだけを念じて、物陰から飛び出しました。その瞬間でした。私を止めに入った人がいたのです」

「止められた？　誰に」

「見知らぬ男の人でした。涼やかな目をして、私の腕をとり『馬鹿なことはおやめなさい』と諭《さと》してくれたのです」

　驚いて、すぐに手を払おうとしたが、その男は強く手首を握りしめたまま放そうとはしなかった。事情は何もかも知っている様子で「そんなことをしてあなたの人生が不幸になるのを見て、旦那《だんな》さんの霊が慰められると思うのですか」と諭し、「あなたのしようとすることは旦那さんの霊を悲しませ、今以上にこの世に迷わせる」と言ったという。

「私は体中の力が抜けたようでした。殺意も萎《な》えて、その方の胸にすがりついて思わず泣きました。泣いて泣いて……心に凝《こご》った想いを全部吐き出すことができました。そうして、私は知ったのです」

その男は、いわゆる霊と対話ができる能力を持った人物だった。そして、死んで霊となった彼女の夫から、彼女を救ってくれるよう、頼まれたのだという。

最初はどういうことだかわからなかった。仇をとることを望んだのは夫のほうなのに。枕元に立ち、私に訴えてきたのに。

そうではなかった。彼女が見た夫の霊は、彼女自身が生み出した妄想《もうそう》だったのだ。夫を救えなかった自分を責める心が生み出してしまった幻《まぼろし》だった。

本当の夫の霊は、そんな彼女が心配で、この世に留《とど》まって見守っていたのである。過《あやま》ちを犯《おか》さぬよう見ていてくれ、何かの時には止めてくれ、と彼に頼まれたのが、その男だった。

「私はその人に教えられました。死んだ人の本当の想い、本当の愛情とは、生きて残った私が思う以上に深いことを。目の前の感情に翻弄《ほんろう》されてしまうのは、私たち生きている人間のほうだということも」

胸に両手をあてて、庵主様は懐《なつ》かしそうに夫の面影《おもかげ》を心に思い浮かべているようだった。

「私を救ってくださったその方は、話を聞けば、ずっとずっと昔から、この世に残って迷える霊たちをあの世に送ることをなりわいとしておられるようでした。仏《ほとけ》と結縁《けちえん》して強い法力を持っておられるとかで、どうにもならぬ時は、怨霊《おんりょう》となった人を力ずくで、あの世に強制的に送ってしまうことすらできるのだそうです。でも、その方は『できることなら、その力は使いたくない』と……仏の力であれ暴力だと感じることもあるからだとか。できることなら、その人の霊が慰められ、自らこの世から旅立つことができるよう、手助けしたいのだと仰《おつしや》っていました」

草間も嶺次郎も、神妙な顔で聞いている。庭では卯太郎が無邪気《むじやき》にとんぼを追いかけている。そんな光景を心静かに見やりながら、寿桂尼は語った。

「私が剃髪《ていはつ》して仏門に入ったのは、その方の言葉がきっかけでした。私もそのようになりたい。亡くなった人の心に耳を傾けることで、遺《のこ》された人の心も慰めたい。生きていれば、大切な人との死別は、どうしても避けられないものですからねぇ」

しみじみと語る尼僧の横顔が、傾き始めた西日を受けて、嶺次郎は思わず引き込まれるように見つめてしまった。頬《ほお》に刻まれた優しい皺《しわ》が慈《いつく》しみを湛《たた》えて、信心など持ち合わせたためしのない嶺次郎にさえも、観音《かんのん》のように美しい、と感じさせた。

「庵主様は……、もしかして、その御方を好いちょったのとちがいますか」

すると、庵主様ははっとして、ほんの少し頬を赤らめた。

「……そうなのかしら。そうだったのかもしれませんねぇ」

その涼やかな眼《め》の男は寿桂尼が仏門に入った後も、何度か訪ねてきてくれたという。仏と結縁したというだけあって、様々な仏道の知識を持っていて、時には彼女が請《う》け負った霊のことで相談にも乗ってくれたという。

「その方と一緒にいると、心が穏やかになりました。不思議な気持ちなのですよ。燃え上がるような想いではなかったけれど、その人自身がというよりも、その人と一緒にいる時間が私にはただ、豊かで、愛《いと》おしく感じられた」

「ええ話ですのう」

「ふふ。いくつになっても、素敵な殿方とお話をするのは心華やぐものですからね」

と冗談めかして言う笑顔は少女のようだった。きっとその男の前ではこんな笑顔を見せるのだろうと思うと、嶺次郎はちょっぴり妬《や》ける。

「その御方は、この庵にも来られるんじゃろか」

いいえ、と庵主様は答えた。

「その方とはもう何年もお会いしておりません。今はどこでどうしておられるのか。でもまたいつかお会いできる気がするのですよ」

風に揺れるコスモスを見つめて、ふと遠くに心を飛ばすような眼差《まなざ》しになった。

「予感がするのです。この四国《しこく》の地は、あの方にとっていつか〝還《かえ》る地〟になると」

「還る地……？　その男は四国モンですか」

「いいえ、故郷は越後《えちご》だと仰ってました。けれど、私にはぼんやりとわかる。ぼんやりと」

想いを馳《は》せる先を見つめる庵主の遠い目は、穏やかだった。嶺次郎たちにはその言葉の意味を摑《つか》みかねたが、あえて理解してもらわずとも、聞いて貰《もら》えるだけで、よかったのだろう。

「ですから、ここで待っていれば、いつかまた会える。その方に会えた時は、ぜひ草間さんたちも会ってあげてくださいな」

嶺次郎は「けっ」という顔になり、そっぽをむいた。草間は苦笑いしつつ、

「わしらを受け入れてくれたのは、自分で気づけという意味だったがですか」

「……………。前にも申しましたが、私にはあなたがたをこの世から追いやる仏の力もございませ

ん。私たち生き人は、この世に迷うた霊を安らげたい一心で供養をします。その想いが届い

て、亡くなった方の怒りや悲しみが慰められたなら、幸せなことなのです。でも供養する想い

だけでは、どうにもならない時、私はできる限り語らうことにしました」

抹香《まっこう》の煙が、香炉《こうろ》から細くあがって揺らめきながら、部屋に溶けていく。庵主様は正面から

ふたりに向き直り、

「草間さん、嘉田さん。あなたがたがここにいることには、きっと大切な意味があるのだと思

います。でもね、忘れないでほしいのです。あなた方のその時間は、その肉体の持ち主の人生

の時間を、切り取って、存在しているということを」

草間も嶺次郎も、胸をまともに突かれた気がして、思わず背筋を伸ばした。このときだけ

は、寿桂尼も厳格な表情になり、

「霊体であった時とは違い、あなた方は、その方の人生の時間を犠牲にして、そこに存在して

いるのだということを」

「庵主様……」

「一日一瞬、忘れないで欲しいのです」

嶺次郎達は、返すべき言葉も見つからず、沈黙してしまう。すると庵主様はほんの少し表情をほころばせて、言った。

「……心を開いて、あなた方の宿主とよくお話をなさい。あなた方の宿主が助けを求めてきたならば、私は力添えするつもりでおりましたが、お二方とも今は体の奥の奥で、膝を抱えていらっしゃる様子。その方々の心のドアをノックすることができるのも、また、あなたがたなのです。扉を開くことができれば、お互いがお互いのよき相談相手になることもできるはず」

「相談相手……ですか」

「独りでないということは、心強いことですよ」

ふと庭のほうを見やると、卯太郎が声を殺しながら「みてみて」とばかりにこちらに手を振っている。よく目を凝《こ》らすと、卯太郎の人差し指の先に、赤トンボが三つ重ねになって止まっているではないか。

庵主様はクスクスと笑った。

「あの子をよろしくお願いします、草間さん。嘉田さん」

「もちろんです」

「子もなかった私にとっては、息子同然。あの子もいつか、自分の身の上に起こったことと向き合う日が来るでしょうが……」

独り立ちした息子を思うような気持ちで、寿桂尼は言った。

「あの子の上に、いつも温かい光が降り注ぎますように」

山間の里に赤トンボが飛んでいる。細い坂道を郵便配達のバイクが過ぎていく。収穫を終えた田に煙がたなびき、いわし雲が山の向こうへと浮かぶ様は空の棚田《たなだ》のようだ。

それからふた月後のことだった。針原の里の風変わりな尼僧は、彼女が愛した小さな庵で、小雪舞う夕暮れ、静かに息を引き取った。

＊

「嘉田さん嘉田さん、聞いてください！　今日はひとりで路面電車に乗れたがですよ！」

赤鯨衆《せきげいしゅう》の一員となって現代に馴染み始めた卯太郎は、毎日その日の報告を欠かさない。報告内容は今日はこれをした何をしたと、とりとめもないことだが、仏像から生身になって体験する現代は、卯太郎にはエキサイティングすぎて毎日が冒険なのだろう。

「しかもですね！　乗った電車が面白うて、謝っちょるがですよ！」

「なんじゃ、そりゃ。路面電車が謝る？」

「ええ。だって、電車のおでこんところに『ごめん』って」

「阿呆《あほう》。そりゃ『後免《ごめん》』ちゅう地名じゃ。後免行きの電車に乗ったんじゃろ」

「はー。そうなんですか！　人に聞いて乗ったき、全然気づきませんでした」

「おい、一蔵《いちぞう》。卯太郎に路線図の見方を教えちゃれ」

「えーっ。オレがかよーっ！」

すぐには戦力にならない卯太郎は、その後、中川《なかがわ》のカバン持ちという名目で、中川診療所に配属された。そのおかげで、診療所もますますにぎやかになった。草間に茶を淹《い》れながら、中川もまんざらではなさそうだ。

「でも呑み込みはええほうですよ。将来は使える隊士になれるんじゃないでしょうか」

「なってもらわんと困るがの」

茶をすすりながら、草間は呆《あき》れ顔だ。赤鯨衆は世話焼きも多いが、時々お節介すぎて、卯太郎も毎日いろんな人からいろんなことを教え込まれ、目が回っている。

「構い過ぎなんじゃ」

と向こうから嶺次郎がやってきた。ドカッとソファに腰掛け、

「過保護はためにならんが、過干渉《かかんしょう》も、ようない」

「まるでお父さんですね。嘉田さんは」

と中川が笑った。まあ、卵から孵《かえ》ったばかりのところから育てているヒヨコのようなものだ

が。

「ぬかせ。おんしこそ、甘やかすなよ」

「してません」

嶺次郎は時計をみて草間を振り返った。

「わしゃ、これから浦戸《うらど》に用があるき出るが、おんしも行くか、草間さん」

「おう。一緒に行こう」

＊

浦戸城はあれから赤鯨衆の第一の城となった。長宗我部《ちょうそかべ》晩年の居城であり、嶺次郎たち一領具足《いちりょうぐそく》が無念の最期《さいご》を遂《と》げた城も、今は赤鯨衆のシンボルだ。

浦戸城の仲間へ用事を済ませた嶺次郎は、草間と一緒に連れ立って、いつもの桂浜《かつらはま》へと立ち寄った。真冬で、人の姿もまばらだが、冬の夕暮れ時の桂浜も、また風情《ふぜい》があっていいものだ。

後ろにある動物園でアシカか何かが騒いでいるけれど、波打ち際《ぎわ》に近づけば、波音に掻《か》き消されて、気にならなくなる。草間と嶺次郎は、竜王崎《りゅうおうざき》の見晴台《みはらしだい》にあがった。

「くー。寒いのう」

いくら南国土佐《とさ》とはいえ、真冬の海風はこたえる。草間は寒さに強いのか、震《ふる》える嶺次郎を笑ってみていた。

「庵主様も一度、桂浜につれてきてさしあげたかったのう……」

「ああ。海は苦手と言っていたが、この景色は見せてやりたかった」

「今頃、あの世で旦那と楽しゅう過ごしちょる頃かのう」

東南に向く桂浜では、夕陽《ゆうひ》は背後に落ちるので見ることができないが、竜王崎にのぼると、右手にどこまでも延びる真《ま》っ直《す》ぐな海岸線を一望することができる。太平洋の大きさが実感できるここが、嶺次郎たちのお気に入りだった。

「あれから室戸《むろと》ん衆は何か言ってきおったか」

「びいどろ童子の一件は、とりあえず納得してもらえた。が、敵に回すと恐ろしい連中じゃの。あの兵頭《ひょうどう》という男。なかなかにキレもんぞ。室戸ん衆の目つきを見たか。あそこまで統制のとれた軍団もなかなかない」

「海のもんちゅうのは、そがいなもんかのう」

「ここだけの話、同じ首領として、ちくと引け目も覚えた」

嶺次郎は笑い飛ばした。嶺次郎の目には兵頭と比べて草間が負けているなんてことは全《まった》くなかったからだ。

「おんしゃ、もっと自信をもってええんじゃ」

「そうかの」

「少なくとも胴回りは兵頭よりも恰幅《かっぷく》があった」

「ぬかせ」

柵《さく》にもたれると、沖をゆくフェリーがぼぼーと汽笛を鳴らした。あれは足摺《あしずり》から来た船だろうか。偶然にも船体に描かれたのは赤い鯨《くじら》の絵だ。

「庵主様の言うとおり、わしはあれから、この体の宿主に声をかけてみることにした。が、わしを恐れているのか、なかなか扉を開けてはくれん」

草間はそう言って溜息をついた。

「庵主様の遺《のこ》した言葉は、痛いの」

「わかっちょったことじゃ、初めから。この世のどこにも居場所なんぞない。居場所のない人間が無理矢理、居場所を作ろういうからにゃ、何もないではおられん」

嶺次郎は割り切ったものだった。

「庵主様の言葉は、己《おのれ》が存在することに責任を負え、とわしには聞こえた」

「それは責任もって悪党になれっちゅうことか？」

「そもそもわしらは生前から奪い奪われして生き延びてきた！　奪う側に立つことの何が悪い。戦国の世に生まれたさだめじゃ」

「悪くはない。そうではないが――」

草間は割り切れないでいるようだった。

「それは強者の論理ちゅうもんじゃ。ちがうか」

「……。強者なんかじゃない。そうじゃないきにこうしてあがいちゅうがやないか」

「人から居場所を奪っちゅう人間が、己の居場所を語ること自体、不遜《ふそん》と違うかの」

草間の口からそんな言葉が出るとは思わなかった嶺次郎は驚いた。「限られた席」の論理を突破できる言葉がない以上、自分たちにできることは、目の前の席の奪い合いで勝っていくことだけだ。

「わかっちょる。じゃが天井《てんじょう》を感じて落ち着かんがじゃ」

「わしらはここにおる。ここにおることはどうにもできん。憑依《ひょうい》を捨てて去る術《すべ》があるなら教えとうせ。草間さん！」

いつになく感情的になっている嶺次郎に草間は驚いた。

「草間さん。東からは安芸国虎《あきのくにとら》が攻めてきちゅう。西からは一条《いちじょう》じゃ。わしらは挟み撃ちにおうちょる。もっと強うならねば、わしらは握りつぶされる。簡単に握りつぶされるがぞ。握りつぶされてこの世から消えれば、憑坐《よりまし》も世の中の人間も万々歳じゃろうが、そがいなわけにいかんのじゃ！」

「嶺次郎よ」

「浦戸一揆《いっき》のような終わり方はしとうない。それだけはごめんじゃ。それで消えることはできても、来世のわしの魂《たましい》は歪《ゆが》み果てるに決まっちょる。潰《つぶ》されるわけにはいかんちや。いかんちや！」

そうか、と草間は思った。嶺次郎は怖いのだ。大きなものに裏切られ潰されるのを恐れて、その恐怖が、嶺次郎を駆り立ててきた。

宥《なだ》めるように草間が、嶺次郎の肩に手を置いた。その感触がやけにおおらかで、嶺次郎は思わず体の力を抜いてしまった。

「草間さん……」

「わかっちゅう。嶺次郎。わしらは負けん。国虎にも一条にも」

竜馬《りようま》もいない。武市《たけち》もいない。

赤鯨衆にはヒーローはいない。

だからこそ、自分たちの力で生き残っていくのだ。

「この戦《いくさ》にも意味があるのだとしたら、のっかってみようぜよ。これが我らの道と思うて、わしは探す」

「探す？　何を」

草間は笑うだけで答えなかった。

「当面の敵は、安芸国虎じゃ。なんとしても、あれの進撃を止めねばならない。嶺次郎、わしは室戸衆と手を組むことを考えちゅう」

「室戸衆と？　しかし、あんな気難しげな連中がわしらなんぞと手を組むかの」

「組ませてみせる。安芸が一条と手を結んでわしらを挟《はさ》み撃《う》ちにかけるなら、わしらはその両端と手を結んで挟み撃ちするがじゃ。つまり——」

「室戸と足摺。しかし水軍ぞ」

「海は重要じゃ。この浦戸を守るには特に、の。八流《やながれ》の戦での、安芸軍の敗因を、おんしゃ知っちょるか」

「知らん」

「長宗我部《ちょうそかべ》軍と安芸軍が、あの狭い海岸線で戦《たたこ》うちょった時、海から、長宗我部の援軍と見せかけた船が鬨《とき》の声をあげてやってきたせいとのことじゃ。安芸軍は驚いて、浮き足立ったところを攻め込まれ、敗れた。しかし、援軍の正体は、兵ではなく普通の里人だったという」

はあ、と嶺次郎は聞いている。はったりが効《き》いたという、いい例だ。

「敵がくるはずのないところから攻撃されることは、戦をする上で最も恐ろしいこっちゃ。水軍を味方につけることは、いずれ必ず切り札になる」

「おんしゃあ……」

嶺次郎はポカンとして草間を見つめてしまった。海は「戦場《いくさば》の果て」であり、海から攻めるなど、考えてもみなかった。

「おんしの考えることは大きいのう」

「そうか？　そりゃあ、『鳥なき島の蝙蝠《こうもり》』に仕えた男じゃきの」

　問題は、安芸国虎だ。

　一条以上に、長宗我部に対し、根深い恨《うら》みを抱いている。元親《もとちか》に敗れ、城兵の助命と引き替えに、自《みずか》らは自刃《じじん》した男だった。名門・安芸氏の誇りを抱く、真の怨将《おんしょう》と呼べる男だ。嶺次郎も直接、刀を交えてみたが、今まで手合わせした誰よりも強い男だということは、一太刀《ひとたち》の手応《ごた》えだけでわかった。

「なにせ、分身まで扱うやつじゃきのう。不動明王《ふどうみょうおう》にはだまされたが」

「あちらは武将。こちらは雑兵《ぞうひょう》。幼少から兵法《ひょうほう》を叩《たた》き込まれたあちらさんと、同じ土俵で戦おうにも無理がある。わしらはわしらなりの〝兵法〟を編み出すほかない」

「〝雑草《ざっそう》兵法〟か」

「聞こえが悪い」

「そうかて、雑草なんじゃき仕方ない」

「鯨《くじら》じゃ。大海をゆく鯨ぜよ」

　行く手には、雑草たちを真の鯨にするための試練が待っている。

（行っちゃるしかない。行けるところまで）

　西の空が燃えている。

世界は震え立つほど美しい顔をして、彼らを待ち受けている。

「〝我成すことは、我のみぞ知る〟じゃ。行こう。草間さん」

鯨たちはいま、大海に出たばかりだ。

終わりを知らない遊戯のように。

ここはどこだ。

窓枠の影が床に伸びている。青白い月の光にぼんやりと浮かんでいる白い粉は、石灰だ。プレハブ小屋の中だった。子供の頃に慣れ親しんだ道具が並んでいる。走り高跳びのバー、ライン引き、籠《かご》に積まれたサッカーボール。

なんだ、ここは。

ここはどこだ。

「気がつきましたか」

走り高跳び用マットの上に横たわっていた高耶《たかや》の顔を覗《のぞ》き込んできたのは、直江信綱《なおえのぶつな》だった。見慣れた黒いウェア姿で、小脇《こわき》に念鉄砲《ねんでつぽう》を抱えている。慌《あわ》てて飛び起きようと左足を踏ん張った途端、足首に激痛が走った。

「動かないで。怪我《けが》をしてます」

見ると、靴を脱がされた左足首が木の瘤《こぶ》のように腫《は》れ上がっている。

「多分捻挫《ねんざ》だと思います。倒木を飛び越えた時に木の根でも踏んだんでしょう。骨に異状がないといいのですが」

「ここは」

「十川《とがわ》近くの学校です。味方には連絡をつけました。迎えの車両が来るまで、ここで一条方《いちじょうがた》の追っ手をやり過ごしましょう」

ようやく記憶が繋《つな》がってきた。今夜、伊達方《だてがた》の砦《とりで》に夜襲をかけた。襲撃は成功したが、予想外に敵の応援部隊の到着が早く、撤退《てったい》に手間取った。高耶たちがしんがりを引き受けたのだが、逃げる途中でどうやら山の斜面に転落したらしい。直江に助けられて、なんとかここまで連れてこられたようだった。

四国土佐《しこくとさ》とはいえど、山間部の冷え込みは厳しい。寒さよけもかねて、村の中学校の体育倉庫に身を隠したところだ。直江の他には誰もいない。

「他の連中は無事か」

「ええ。全員帰還したとのことです」

「しくじったのはオレだけか。おまえがいなかったら、伊達方に連れていかれてたかもな」

「寒くありませんか」

大丈夫、と高耶は答えた。

「少しハラが減ってる」

「………。キャンプに戻れば豚汁が待ってますよ」

捻挫した足首は濡《ぬ》れタオルで冷やしてある。痺《しび》れもなく骨折した気配はないが、最低三日は松葉杖《まつばづえ》の世話になりそうだ。国道沿いのせいか、時折、車の音が聞こえる。が、深夜三時過ぎで交通量も少ないのか、一台が過ぎるとまた、耳鳴りが聞こえてくるほどの静寂《せいじゃく》に戻る。すぐ下は四万十川《しまんとがわ》の河原だ。

「静かだな」

「ええ……。さっきまでの戦いが嘘《うそ》のようですね」

ふと高耶は自分の上着の襟《えり》が不自然にくつろげてあることに気がついた。すぐに直江を睨《にら》み付け、

「おまえ、なんかやったか」

「体温が下がらないように胸をさすっていただけです。やましいことはしてません」

「当たり前だ、バカ」

それより怪我の具合を診《み》させてください、と言って直江が捻挫した左足首をとった。

「少し捻《ひね》ります。痛かったら言ってください。これならどうですか」

「なんとか」

「こうでは?」

ビリッと痛みが走って思わず直江の肩を摑《つか》んでしまった。

「外側に捻ったみたいですね」

直江は保健室から拝借《はいしゃく》してきた応急キットで手早く足首を固定した。高耶はマットに座り込んで、手当てをする直江の手さばきをぼんやりと眺めている。

「変な感じだな。おまえと学校の体育倉庫ん中なんて」

「同級生のような気分ですね」

「思い上がるな」

「思い上がりですか」

「世代が違うだろ、世代が」

「高跳びが得意でした」

とだしぬけに言いだしたので、高耶が目を剝《む》くと、隣の直江は微笑して、

「身長があるせいか、陸上部の選手にも負けませんでした。ちゃんと背面跳びで」

「マジかよ」

「県大会の予選にも出させられました。まあ、予選止まりでしたけれど」

高耶は目をまん丸くしている。そこそこに運動神経があることは知っていたけれど、この男と爽《さわ》やかなスポーツは、まず結びつかなかったので驚いた。自分を顧《かえり》みて、これといった得意種目がないことに気がついた。

「オレは……リレーの選手ぐらいかな」

「高耶さんは万能そうですね。なんでもひと通りはこなせたクチじゃないですか」

「つか、ヤンキーやってたからな……」

直江がクスリと笑ったので、高耶が「なんだよ」と睨むと、直江は目を細め、

「久しぶりに口調が砕けましたね」

高耶は我《われ》にかえって、ばつが悪そうにそっぽを向いた。伊達との戦《いくさ》は長期戦だ。四六時中神《しろくじちゅう》

経を張りつめている高耶に隙《すき》はない。ふとエアポケットにはまりこんだようなこの状況が、心の構えを解かせたのだろう。

「おまえが妙なところに逃げ込むからだ」

「こんなところでもないと、打ち解けて話もできないのがつらいですね」

直江も今はただの一隊士だ。素性《すじょう》を隠して赤鯨衆《せきげいしゅう》に潜り込んだ身としては、一応、気を遣《つか》わねばならないのである。

四万十川の流れに月の光が反射する。

静寂に身を委《ゆだ》ねるようにして、ふたりはぼんやりと窓の外を見つめていた。

「静かなのは苦手だ」

マットに身を沈めながら高耶が呟《つぶや》いた。

「祖谷《いや》の山ん中に独《ひと》りでいたときも、こんな風《ふう》に静かだった。渓流《けいりゅう》の音だけだ。静かすぎる夜は、とめどないくらい、いろんなことに想《おも》いを巡らせてしまう。独《ひと》りになれば何も感じなくて済むだなんて、嘘だ。頭の中は想うことでいっぱいになるんだ」

直江は黙って高耶の横顔を見つめている。なお生きている自《みずか》らの命を憎んで、妄想《もうそう》とばかりまぐわってきた孤独な日々を思い、高耶はふと苦笑いした。自分の毒で直江を害したくなくて、逃げてきたはずなのに……。

「生きていてはいけない人間も、おまえがいるから生きていこうと思える」

「高耶さん」

「早く……這《は》い上がってこいよ」

高耶がこちらに向けて小さく笑った。

「待つのは、あまり得意じゃない」

「……。待っていてくれるんですか」

「他に誰を待てっていうんだ」

直江にはわかっている。だから微笑を浮かべた。

「おまえ、やましいことはしてないなんて嘘だろう」

直江が目を見開くと、高耶は襟の中に手を突っ込んで胸を開いてみせた。

「ここ。さんざんいじられた形跡がある」

この寒さだというのに、やけに顔が上気していたのはそのせいだと、ようやく気づいたらしい。悪戯《いたずら》がばれた子供のような顔をするかと思いきや、直江は真顔で答えた。

「そのほうが早く体温があがると思ったんです」

「馬鹿。んなわけねーだろ」

「残念ながら、火がついたのは私のほうでした」

直江が上体を沈めて覆《おお》い被《かぶ》さってきた。

「男であるということは、こんな時に面倒ですね。一度火がつくと時も場所も選べない」

この男の場合、女に換生《かんしょう》していても絶対同じことを言っている、と内心思ったが高耶は口にしなかった。尤《もっと》も直江ひとりを笑えない。

「怪我のせいかな……。さっきから気が昂《たか》ぶって止められない」

声がうわずるのはそのせいだ。闘争本能の燃え残りが依然くすぶっているせいだ。夜襲の後で、時折こんなことがある。体の中で野蛮《やばん》な何かが猛《たけ》り足りないと叫んでいるような。やり場もなく転げ悶《もだ》えているような。

「こんな苦しさ、今まで感じたことなかったのに……」

熱っぽい眼《め》が何かを求めてこちらを見た瞬間、直江は見えない錠《じょう》へ鍵《かぎ》が差し込まれたのを感じた。目線同士が噛《か》み合ったのを合図に、直江も襟に手をかけ、理性をかなぐり捨てようとした、その時だ。倉庫の外で突然物音がした。二人は弾《はじ》かれたように起きあがり、直江が念鉄砲を抱えて入り口に走ると、高耶も低い姿勢で身構えた。

何かいる。

追っ手か……っ。

「待て」

と高耶が言った。何か音がする。鎖《くさり》をひきずっているような音だ。

「人じゃない」

体育倉庫の滑《すべ》りの悪い引き戸を開けてみると、外に一匹の雑種犬がいる。どこからか逃げてきたのか、首輪をはめ、鎖をひきずっていた。犬は高耶たちの姿を見ると、尻尾《しっぽ》を振って駆け寄ってきた。膝《ひざ》に懐《なつ》く雑種犬を見て、あぜんとしてしまった高耶たちだ。

「迷い犬みたいですね」

困った。犬は高耶の膝に乗って嬉《うれ》しそうに顔を舐《な》めてくるではないか。首輪を見てみると飼い主らしき人の住所も書いてある。

「どうする」

「……帰巣《きそう》本能があるからといって、放っておくわけにもいきませんね」

仕方がない。一旦《いったん》キャンプに連れて帰って明日飼い主宅まで送り届けることにした。迷い犬は余程人恋しかったのか、高耶の膝から離れようとしない。こうなってしまったら高耶も弱い。彷徨《さまよ》い疲れていたのだろう。迷い犬はやがて安心したように、高耶の膝に顔を埋《うず》めて眠ってしまった。毒気を抜かれた二人は、思わず顔を見合わせてしまう。

「まあ、いいか」

「私の火は燃え広がる一方ですよ」

「自業自得《じごうじとく》だ。自分でなんとかしろ」

「いいんですか」

「……………。よくねーな」

でも動けないし、と高耶は膝の上の犬を見た。安らかな寝息をたてている。邪魔はしたくな

い。降参したように直江が言った。

「こんなに静かな夜ですから、言葉でまぐわうというのも悪くないですね」

高耶がふと眼を見開くと、直江は窓から月を見上げて呟《つぶや》いた。

「言葉だけでどちらが先に音《ね》を上げるか、試してみますか」

高耶は溜息《ためいき》をついた。そんなことは決まっている。音を上げるのは自分のほうだ。堪《こら》えが利《き》かないという割に執拗《しつよう》なのだ。直江という男は。だけど、

「わかった。受けて立ってやる」

勝ち目のないゲームに身を委《ゆだ》ねてみるのも悪くない、と高耶は思った。

「音を上げるおまえを見てみたい」

「見るのは私のほうですよ」

時折、王のような眼をしてみせる男だ。だからこちらも女王のような眼をしてみせる。サディスティックに立つほうが、遙《はる》かに大きなマゾヒズムを貪《むさぼ》ることができるのだ。

夜明けが来るまで、身を任せてしまおうと高耶は思った。

何も考えずに、この小さなプレハブ箱の中で……。

世界に向けて言いたいことも、今夜は、何もないかのように。

終わりを知らない遊戯《ゆうぎ》のように。

拝啓、足摺岬にて

五月十七日
坂出港

三途《さんず》の川《かわ》って見たことある？

って生きてる人に訊《き》いても、普通は「ない」って答えるよね。臨死《りんし》体験でもしない限り「ない」よね普通。私も、生きてる頃はせいぜい近所の荒川《あらかわ》ぐらいの幅かと思ってた。でも実際のトコ、スゴイでかいのよ！　海みたいに広くて、渡し船もフェリー級のデカさで、しかもサイキンは橋までかかって凄《すご》いのなんのって。今時の三途の川ってスゴイね。確か六文《ろくもん》で渡るんだっけ。六円でもいいのかな。

……なんて見てるうちになんか変だと気がついた。コレなんか瀬戸《せと》大橋《おおはし》に似てなくない？

似てるっつーか……そのもの。

ちょ。ちょっと待って。

あたし今どこにいんの！

「……三途の川じゃないよ、あれ」

起き抜けのようにぼんやりしていた頭が一気に醒《さ》めた。飛び上がるほど驚いて、声のしたほうを振り返った。港の岸壁だった。車止めの縁石に見知らぬ青年が腰掛けて橋のほうを見つめている。

「あれ、瀬戸内海《せとないかい》だし」

「え」

「ここは香川《かがわ》県の坂出《さかいで》。あんたが見てるのは本物の瀬戸大橋で対岸は倉敷《くらしき》。渡ってきたのは三途の川じゃなくて瀬戸内海」

「さ、坂出？　やだ、あたし、なんでこんなとこにいんの！　全然記憶が」

「あんたは死んだんだ」

えっとまた目を丸くした。白い浴衣《ゆかた》みたいなのを着た黒髪の男の人は頬杖《ほおづえ》をついたまま、ちらりとこちらを見、体ごと向きなおった。

「だから死んだんだって。ぼんやりしてるだろうけど、思い出せるはずだ。今のあんたは霊体だ。そこまではわかるか」

わかるかって訊かれても……。

ふと急に我《われ》に返って見回すと、港はたくさんの人で賑《にぎ》わっている。え？　いつの間にこんなにいたの？

「みんなあんたと同じ死者だ。さっきの船で向こうから、たった今渡ってきた」

よくよく見れば皆、影がない。フワフワしていて体重がないみたいに動く。少しずつ思い出してきた。そう、彼らは同じ船で今しがた着いた人たちだ。一緒に三途の川を渡っているのだと思いこんでいた。それが――。

なんで四国《しこく》に来てるわけ!?

「この世に未練があって成仏《じょうぶつ》できない死者は今、みんな四国にやってくるんだ。あんたもきっとそのクチだな」

「成仏できなくて……四国に?」

「ああ。今は四国に来た死者はみんな、遍路《へんろ》になるんだ。ほら、あんたも」

と指摘されて自分のナリを見る。思わずギャッと悲鳴をあげた。割烹着《かっぽうぎ》みたいな白い服に白いもんぺに菅笠《すげがさ》に杖《つえ》。イヤこえー! あたしいつのまにこんなカッコしてるし!

「その白い羽織みたいなのは笈摺《おいずり》っていって遍路のユニフォーム。その恰好《かっこう》でこれからあんたたちは八十八ヶ所の札所《ふだしょ》を巡る。今は逆打《さかう》ち、つまり反時計回りに四国を廻る決まりだ。杖は橋ではつかないこと。数珠《じゅず》は必ず持って……」

「ストップ! さっきからあんたベラベラ喋《しゃべ》ってるけど、誰? あんた誰?」

「オレが誰だかわかんない?」

マジマジと青年を見た。年は自分より少し上? 今時、髪染めてない学生はただのダサ男でなければ何かポリシーのある人で、あたし的には黒髪が許されるのはホントにイケてる人だけ。この人はサラサラの黒髪で、目力《めぢから》あってちょっと素敵。合格! イケてる男はあたし、一

度見れば忘れないはずだから、

「……初めてだよね」

「そうか。どうやらあんたにはオリジナルで見えてるみたいだな」

「ナニそれ」

「四国に来る死者には、もれなく一人につき一人、道案内がつくんだ。それは全部同じ人間なんだけど、人によっては知り合いに見えたりもするし、女に見えたりもする。その人その人が成仏するために無意識に必要とする姿で現れる」

「えー…と、それはゲームキャラがお好みでカスタマイズできるようなもん？」

「なんかちがうけど、そんなとこ」

「じゃ、あなたは？」

「オレの名前は仰木《おうぎ》高耶《たかや》。あんたにはどうやら『反映』は必要ないみたいだ」

標準仕様《デフォルト》でコレならば、あたし的には文句はない。……じゃなくて、この人は何者？

見ろよ、と仰木高耶は港を指さした。驚いたことに、船から降りてきた客のそばには「仰木高耶」がたくさんいるではないか。

「あれが全部、水先案内人ってわけだ。当人には別の姿で見えてても、外からは皆同じ姿で見える。この〝仰木高耶〟の姿でな」

「なんなの、あんた……っ。てか」

なんであたしがお遍路なんかやんなきゃいけないわけ!?

「未練があって成仏できない霊は、四国を巡りながら未練を落としていくんだ。心が軽くなったら成仏できる」

「待ってよ、勝手にひとを殺さないでくれる？　あたし死んでなんかないよ！　ここにこうしているじゃん！」

「この四国では死んだ人間も生きてる人間のように振る舞える。肉体があった時と同じようにモノも考えるし、判断もできる。けれど、霊体だから念を使わないと物には干渉《かんしょう》できない。それも練習すれば修得できるはずだ」

「やだ、帰る！　あたし、うちに帰るーっ」

「帰れない。あんたはもう四国から出られない。四国を出るときは、成仏する時だ」

「嘘《うそ》でしょ、やだーっ！」

慌《あわ》てて船に駆け戻ろうとするあたしの腕を、仰木高耶が後ろから摑《つか》まえた。

「死んでるんだ、民谷《たみや》美久《みく》。おまえは」

茫然《ぼうぜん》と立ち尽くすより他はない。

なんで……？

「目を閉じて、心を鎮《しず》めれば思い出す。自分が死んだ人間であることを」

五月十七日
第八十二番札所・根香寺

仰木《おうぎ》高耶《たかや》の言った通りだった。

確かにあたしにはもう帰るところはない。通学の途中だった。駅までのいつもの道のり、アーケードの交差点で信号無視して突っ込んできた車にはねられて、頭を強く打って救急車で運ばれる最中に心臓が止まって、死んでしまった。死んだとわかったのは、体から離れてしまったから。不思議なもので、なんとなくもう成仏《じょうぶつ》しないといけないとわかったので、そうしたかったんだけど、やり方がわからなくて困っていたら、どこからか呼ぶ声が聞こえてきて、導かれるままついていったらいつの間にか三途《さんず》の川《かわ》を渡っていたというわけだ。渡し場だと思っていたところは、岡山《おかやま》港のフェリーターミナルだったらしい。

そして、ここも「あの世」ではない。

ここは四国《しこく》。

成仏できない死者は今、皆、四国に集まってくるというのは本当だった。

ここに来るまでの記憶がぼんやりとしているのは、仰木高耶の説明によれば「人間、死んで肉体を離れると皆、夢うつつの状態になってしまう」からだという。論理的に物事を考えたり、記憶を整理したり、理性を働かせたりするのがうまくできなくなって、意識もはっきりしなくなる。でもなぜかこの四国では、霊でも生きてる時と同じレベルの思考能力が保てるという。

それで、このあたしも死んだという自覚がありつつ（肉体がないという他は）生きてた時と全《まった》く同じでいられるわけだ。

「あんたはマシなほうだ。中には死んだっていう自覚もないまま四国に来てしまう死者もいる。自覚を促《うなが》すまでが大変なんだ」

と仰木高耶は隣を歩きながらビミョーに愚痴《ぐち》気味《ぎみ》なことを言って溜息《ためいき》をついた。察するに、随分《ずいぶん》苦労させられてきたらしい。

「あんたは冷静みたいでありがたい」

「そうでもないよ……。ショックだよ。あたし、ホントに死んじゃったのかぁ」

遍路《へんろ》を始めた私たちが目指すのは、最寄りの第八十二番札所《ふだしよ》・根香寺《ねごろじ》。五色台《ごしきだい》にある青峰《あおみね》って山の上にあるらしい。本当は徳島《とくしま》にある一番札所・霊山寺《りようぜんじ》から始めるのが筋なんだけど、外れた場所に着いてしまったので、途中から始めることにしたわけだ。

でも足が重い。霊体は軽いけど、……すごいショックだ。

「でもあんたは取り乱さないから、大したもんだ」

「うん、ショックだけど、不思議だね。早く成仏しないとは思うけど……。これって本能みたいなもん？」

「死んだ人間はよっぽどのことがない限り、自然にそう思うようにできてるんだ。だけどこの世に強い未練があったり、理不尽《りふじん》な死に遭《あ》った霊は、成仏することにあらがってしまう。そして怨霊《おんりょう》になってしまう」

木立に囲まれた林道を歩きながら、仰木高耶は不思議そうにあたしを見た。

「けど変だよな。あんたは怨霊でもないし、強い未練があるようにも見えないのに、なぜ成仏できないんだろう」

なぜって言われても困るんだけど……。

「まあ、原因探すためにもとりあえず八十八ヶ所歩くしかねーな」

と仰木高耶は白い歯を見せて笑った。林道を時折あがってくる車は必ず私たちをよけていく。生きてる人たちからも姿は見えてるみたい。

それにしてもこの同行者「仰木高耶」って何者なんだろう。見たところ生きてる人間でもないし、あたしたちと同じ死者ってわけでもないようだ。

「ねえ、どうして死んだ人の道案内なんてやってるの？　もしかして神様の使いとか？」

少し先を歩いてた仰木高耶が振り返って、あたしを見た。

「どうしてって言われると……。道案内が必要だからってのもあるし、神様の使いってのとはちょっと違うけど、……」

説明すると長くなるらしい。仰木高耶は黙って思案してしまう。悩ませてしまった。

「まあ、それはおいおいわかってくるから」

最初に辿《たど》り着いたお寺は根香寺っていう。鬱蒼《うっそう》とした山の中にある結構立派なお寺で、駐車場には変な怪獣の像がある。「牛鬼《うしおに》」っていう怪獣でこの辺の伝説らしい。戦隊モノに出てくる怪人みたいで、かわいいけど、なんかメチャクチャ浮いている。

「似てねーな」

と仰木高耶がぽつりと言った。ん？　この人見たことあるの？

「お疲れさまです、初めてさん、ですか」

山門にいた若い男の人が声をかけてきた。あたしたちと同じ霊だけど、時代劇のお百姓さんみたいな恰好《かっこう》してる。

「今日四国に着いたところだ。名前は民谷美久《たみやみく》」

と仰木高耶があたしの代わりに要領よく答えると、世話役さんも要領よく受けて台帳みたいなのに筆で書き込んだ。

「えー…と、民谷さん。わしは死遍路《しへんろ》さんの世話をしてます赤鯨衆《せきげいしゅう》の遍路方《がた》・馬淵《まぶち》言います。道中はこちらの〝今空海《いまくうかい》様〟がご一緒してくれますが、各札所には私たち遍路方も詰めちょりますき、何か困ったことがあったら、気軽に声かけてください」

んんん？

いまくうかい？

今、確かに「仰木高耶」を指して「今空海様」って言ったけど？

「あなたの名前、仰木高耶じゃないの？」

すると、仰木高耶はバツが悪そうな顔をしてこう答えた。

「〝今空海〟っていうのは便宜上《べんぎじょう》の役名みたいなもんだから」

道案内役のことをここでは〝今空海〟って呼ぶらしい。赤鯨衆てのは何でも、四国に来る霊をまとめてる集団で、うちらなんかよりずっと昔の霊の皆さんが運営してるようだ。

「とりあえず、お参りの作法教えるから。般若心経《はんにゃしんぎょう》は頑張ってすらすら読めるようになること。来いよ。ここの甘露水《かんろすい》は旨《うま》いんだ」

仰木高耶は石段を下り始めた。ぶっきらぼうで飄々《ひょうひょう》としていて、あまりガイドらしくないけど友達みたいで親しみやすい。でも〝今空海〟は実は超エライ人らしく、遍路方の人たちはめっちゃ敬《うやま》ってるカンジだった。

若いけど、マジで何者なんだろう？

お遍路さんやってる霊は、現代人だけではない。髷《まげ》を結ったお侍《さむらい》さんもいるし、長い髪をお姫様みたいに結った女の人もいる。確かに死んだ人はずーっと昔からいるわけだから、何年前に死んだとかはいろいろなんだろうけど、ちょっと驚く。

石段を一旦《いったん》下りてあがったところに本堂がある。回廊《かいろう》形式の本堂で、ちょっと変わっているのだと仰木高耶は言った。

「いいか。遍路は必ず本堂と大師堂《だいしどう》にお参りするんだ。大師堂の大師は弘法《こうぼう》大師。知ってるか、弘法大師・空海」

「偉いお坊さんでしょ。おばあちゃんの仏壇に絵が飾ってあった」

「なら話が早い。この四国八十八ヶ所巡りは弘法大師が創ったんだ。同行二人《どうぎょうににん》って言って遍路は大師と一緒に歩くと言われてる。大師を敬って必ず挨拶《あいさつ》するんだ」

あたしは仰木高耶に倣《なら》って、お参りの仕方を一通り覚えた。お札《ふだ》を納めて、また次の札所目指して出発だ。これをずーっと繰り返していくのだというから、気が遠くなる。

「ねえ、ここ歩いてれば、あたし、ホントに成仏できるの！」

仁王門《におうもん》をサクサクと歩いていく仰木高耶に追いすがって、あたしは叫んだ。白い着物姿の仰木高耶は振り返って、

「それはあんた次第だ。未練がなくなれば、足摺岬《あしずりみさき》からあんたは成仏できる」

足摺岬……？

ってどこ？

五月二十二日
第七十五番札所・善通寺

香川《かがわ》県というところは、なんだかとてものんびりしてる土地で、あちこちに讃岐《さぬき》うどんの看板が目につく。基本的にどこも平らだけど、ポコポコと円錐形《えんすいけい》のかわいい小山がたくさんあって、面白《おもしろ》い眺めだ。

仰木《おうぎ》高耶《たかや》との奇妙な二人旅が始まってから五日が経《た》った。お寺に泊まったり、野宿したりの遍路《へんろ》旅。まあ、肉体でないから雨風も冷たくはないんだけど、やっぱり気持ち的に過酷《かこく》だ。しかも一緒に野宿する相手は年頃の男！　体もないからナニが起こるわけでもないけど、やっぱ一応警戒する。でもあちらには全《まった》くそんな気はないらしく……、それ以前に女だと見てないヨ！　環境の激変やら何やらで、あたしのストレスは爆発した。

「こんなの、もうヤ！　ごはんも食べれないなんてやだ！　布団《ふとん》で寝たい、顔洗いたい、歯ぁ磨きたい、讃岐うどん食べたーい！」

「……。体がないんだから、必要ねーだろ」

「必要あるとかないとかじゃなーい！」

野宿した神社の境内《けいだい》で子供のようにひっくり返って駄々こねるあたしを、仰木高耶は呆《あき》れた顔で見下ろしている。

「甘露水《かんろすい》だけじゃ物足りないよ！　クチが淋《さび》しいっなんか食べたいーっ！」

「ったく……世話がやける」

肉体から霊体になると、まず感覚が激変する。それについていけなくて、最初は皆ストレスを溜《た》めるらしい。神社の鳥居の向こうに、讃岐富士と呼ばれる端正な山を眺めて、仰木高耶は言った。

「だったら善通寺《ぜんつうじ》までの辛抱《しんぼう》だ。そこに行けば思う存分、霊体でもモノが喰《く》える」

「ホント？」

「ああ。門前町が賑《にぎ》やかなんだ。少しは気が紛《まぎ》れるだろ」

大歓迎！　あたしが手放しで喜ぶと、仰木高耶は地図を広げて、今いるところを指さした。

「今はこのへん。足摺岬《あしずりみさき》までは、まだまだ半周先だな」

「えっ。まだこれだけしか進んでないの」

四国《しこく》は地図で見ると大きな猪《いのしし》に見える。その後ろ脚《あし》にあたるのが足摺岬だ。なんでも死遍路《しへんろ》たちは八十八ヶ所巡りで未練を落としきると、足摺岬から成仏《じょうぶつ》するという。まだあと四十は廻らなければならない。

かくいう私の未練は、まだ判然としない。

私、享年《きょうねん》十七歳。そりゃこんなに若くして死んでしまったのは不幸だ。未練のひとつもないほうがおかしいけど、それでも今のあたしは早く成仏しなきゃいけないって気持ちのほうが強くて、なかなか生前の自分が何考えてたか思い出せない。

――それが思い出せれば、成仏できるはずだ。まあ、焦《あせ》らずに歩こう。時間はたっぷりある。

仰木高耶はとことんつきあってくれるようだ。ぶっきらぼうで口は悪いけど、右も左もわからないこの四国で、頼りにできるのはこの人だけ……だし。

「うわーっ！　ここが善通寺？　すごーい、出店《でみせ》がいっぱい！」

今まで見てきたどのお寺よりも広い。建物もデカイ。境内は学校ひとつ分くらいはあって、小さな札所《ふだしょ》のお堂が幾《いく》つも入りそうだ。立派な五重塔《ごじゅうのとう》まで建っていて、大師《だいし》堂《どう》も修学旅行で見た京都《きょうと》のお寺ぐらいあり、人もいっぱいいて賑やかだ。

「ここは弘法《こうぼう》大師が生まれたところなんだ。今入って来たところが東の赤門《あかもん》。伽藍《がらん》のあるこちらが東院《とういん》。西の中門から参道抜けて向こうにあるのが誕生院《たんじょういん》こと西院《さいいん》。ここは中国で弘法大師に密教を伝授した恵果《けいか》阿《あ》闍梨《じゃり》の青龍寺《せいりゅうじ》を模《も》して……って、こら！」

蘊蓄《うんちく》にも耳を貸さず、あたしは西の中門を出たとこに並んでいる露店《ろてん》めがけて一目散《いちもくさん》に走った。うひょー、讃岐うどんに焼きそばにお好み焼きにたこ焼き……目移りするぅ！

「こらっ、お参りしてからだ」

と仰木高耶に首根っこを摑《つか》まれ、あたしは御影堂《みえいどう》（大師堂）に連れていかれた。

ここ善通寺には赤鯨衆《せきげいしゅう》の遍路方《がた》の本部があるとかで、死遍路へのお接待も格別だ。奥の大きなお堂には、霊体でも食することのできるご馳走《ちそう》がたくさん用意されている。お参りした後にいただけるとかで、私はもう気もそぞろだ。

「ちゃんと戒壇巡《かいだんめぐ》りもやってこいよ」

と送り出された私は、言われた通り御影堂の地下にある戒壇巡りにも挑戦した。真っ暗な通路を壁伝いに「南無大師遍照金剛《なむだいしへんじょうこんごう》」と唱えながら進む。中間地点あたりの真上が、弘法大師が生まれた場所なのだそうだ。祭壇にお参りして巡ってくると、出口で仰木高耶が待っていた。

「ちゃんと出てこれたな。ここは身に悪行がある奴《やつ》は出てこれないんだ」

「マジ！」

「おまえのは大した悪行じゃないみたいだから、安心だな」

頼りにはなるけど、口が悪い。その後あたしはようやくご馳走にありつけた。

「おまえ、食い過ぎ」

女であることを忘れて暴食に走るあたしを、仰木高耶はひたすら呆《あき》れて眺めている。

「ほっといてよ！　次はいつ食べれるかわかんないんだから！」

はいはい、と肩を竦《すく》めているのがわざとらしい。いーのよ。別に彼氏の前ってわけじゃないんだから、あんたにはどう思われても。とヤケ喰《ぐ》いに走ったため、動けなくなってしまった。

「いわんこっちゃない……」
　結局この日は善通寺で泊まりとなった。
　夜でも、街の明かりが淋《さび》しい。
　四国では今、電力不足が続いている。内陸に入るほど雲が厚くて晴れることはないという
が、その雲は、死者が発する霊気の塊《かたまり》だという。お堂の庇《ひさし》の下に座り込み、仰木高耶はぼんや
りと月も星もない空を見上げていた。
「寝ないの……？」
　と問うと、ああ、と答える。仰木高耶は眠ることはないらしい。こうして遍路をいつも護《まも》っ
ている。私たち霊は、肉体があった時ほどではないにしても、やっぱり歩いていると疲れも溜
まる。けど、仰木高耶はそうではないらしい。
　私たち霊とも違う。霊魂持ってる一人の人間でもない。彼は一体なんなのだろう。私たちが
眠っている間、彼は一体何を考えているのだろう。
「訊《き》いてもいい？」
「ああ。なに」
「四国はいつからこんな風になっちゃったの？　前はこんなんじゃなかったよね」
　すると、仰木高耶の表情がふと曇った。あたしはちょっとドキっとした。彼がこんな風に翳《かげ》
りのある表情を見せるのは、初めてだったのだ。

「ああ……。ほんの一年前かな。四国は死者がいてもいい場所になったんだ。けど死者に居場所を与えた代わりに、四国は輪廻《りんね》の起こらない閉ざされた場所になってしまった」

「どうして？　なんでそんなことに」

「話すと長くなる」

長くなってもいいよと思ったけど、なんだか彼はあまり話したくないようだった。話すのがつらいようでもあった。だから無理して訊かなかったけど……。

「ねえ。あんたは誰なの？　なんであんたと同じ姿してる人がいっぱいいるの？」

「……。それは」

仰木高耶は五重塔の先端を見上げて、片膝を抱いた。

「それはオレが四国をこんな風にした張本人だから」

私は目を丸くした。四国をこんな風にした張本人？　どういうこと？　それって〝今空海《いまくうかい》〟と呼ばれてることと関係あるの？

「大師が創った結界《けっかい》を裏返しにした。だから、大師の代わりにオレが遍路の道案内をするようになったんだ」

「待って。じゃあんたは実在してる人なの？　どこかに本体がいるの？」

「本体は剣山《つるぎさん》にいる。オレは仰木高耶であって、仰木高耶の分身。姿も性格も仰木高耶そのものを反映してるが、霊魂は本体にしかない。オレはおまえを導くためだけにある存在」

「あたしを……導くためだけの」

「おまえが成仏できれば、役目も終わる。だから早く成仏してくれよな」

笑った仰木高耶の目は優しかった。

五月二十八日　第六十六番札所・雲辺寺

なんだかよくわからないけれど、この人は私にあてがわれた案内人で、役目が終われば消える存在であるらしい。霊魂がない彼は、想《おも》いの塊《かたまり》だという。つまりあたしを成仏《じょうぶつ》させるためのプログラムみたいなものなのかな。それこそ何かのゲームキャラみたいなもの？

こっちが一方的に思い入れても「本人」ではないんだから虚《むな》しいだけ。そうわかってても、仰木高耶《おうぎたかや》はひとりぼっちのあたしと一緒に歩いてくれる唯一《ゆいいつ》の人なのだ。

遍路道《へんろみち》は延々と続く。香川《かがわ》県内は比較的札所《ふだしょ》が密集してあって廻りやすかったが、これからはちょっと大変だ。六十六番雲辺寺《うんぺんじ》という札所はなんと標高千メートル近いところにある。前はロープウェイで一気にあがれたらしいが、今は電力不足で停まっているため、つまりあたしたちは徒歩登山。

霊体なのに全然楽じゃない。

足どりも重いあたしを仰木高耶は叱咤《しった》した。

「ほら。気合い入れろよ。上に行けばお接待があるから」

あたしは答えない。ここ数日こんな感じ。四国《しこく》で遍路を始めて、十日が経《た》とうとしているが、あたしの中にはいい加減、成仏できない焦《あせ》りが募《つの》ってきていた。焦りがイライラになって些細《ささい》なことでついつい仰木高耶と衝突してしまい、昨日からろくに口をきいてない。別に仰木高耶が悪いわけでもないのに、我《われ》ながら子供っぽいとは思うけど、会話をする気分になれないのだ。

「着いたぞ。こっちこいよ」

それでも仰木高耶は懲《こ》りずに声をかけてくる。山の頂《いただき》にあるお寺からの眺めは抜群だった。

「うわー……」

塞《ふさ》いでた私も見事な眺望につい感動して、声を発してしまった。雲が低く覆《おお》い被《かぶ》さった四国の山々、眼下《がんか》に見渡せる讃岐《さぬき》平野、こんなに登ってきたんだ。瀬戸内海《せとないかい》も見渡せる。十日前に三途《さんず》の川《かわ》だと思って渡ってきた海は、深い緑色をして見えた。四国の外は晴れているらしく、海がきらきら光っている。

わけもなく涙が滲《にじ》んできた。

「………。どうした」

あたしは慌《あわ》てて袖《そで》で涙を拭《ぬぐ》った。きれいな景色を見ていたら、心細かった胸の内が急に堰《せき》を切ったみたいだった。

「あたし、ホントに成仏できるのかな」

ぽつりと呟《つぶや》いたあたしを、仰木高耶は神妙な顔になって見つめている。

「未練なんて、よくわかんないよ。未練なんて言ったら、きっと未練だらけだよ。でも死んじゃったんだもん。あたし、死んじゃったんだもん。今はとにかく早く成仏したいよ。みんなみたいに成仏したいのに、どうすればいいのか、全然わかんないんだもん。みんなはちゃんと成仏できるのに、わかんないんだもん。あたし、もしかして一生このままなんじゃないかな。一生……ってもう一生終わっちゃったけど、永遠にずっと四国の中、廻ってなきゃなんないんじゃないかな」

遙《はる》か遠くまで幾重《いくえ》にも折り重なる山を見つめて、途方もない気分になってきた。

「自信ないよ。あたし、ホントに成仏できるのかな」

「………。不安だったんだよな、ずっと」

ふと目を開いた。仰木高耶はそう代弁して、あたしの頭の上に手を置いた。

「悪かった。早く成仏してくれなんて、急《せ》かしたりしたせいだな。大丈夫、オレはいつまでもつきあってやるから」

「何カ月かかってもいい？」

「ああ」

「何年かかってもいい？」

「何十年でも何百年でもつきあってやる。おまえがイヤじゃなければ」

折り重なる四国の山並を背負うようにして立って、仰木高耶は腕を組み不遜《ふそん》そうに笑ってみせた。

「何十年でも？」

「ああ」

「何周でもしようぜ。きっと簡単には飽きねーよ。八十八ヶ所もあるんだから」

少し心が軽くなった気がした。うん、と頷《うなず》いて、小さい声で「ごめんね」と言ったけど、山を見ている仰木高耶には聞こえなかったようだ。視線を追っていくと南東の方角に、一際《ひときわ》目立つ頭ひとつ飛び出した山の頂が見えた。この辺りでは一番高い山だ。しかも頂が光ってる？

よくよく見ると、天使の輪の巨大版みたいなのが頂上の真上に浮いている。

「もしかして、あれが剣山《つるぎさん》？」

「よくわかるな」

「うん。ってことは、あんたの本体はあそこにいるの？」

まあな、と仰木高耶は答えた。剣山はこの〈裏四国〉の聖地なのだという。八十八ヶ所の札所が生み出す四国結界《けっかい》を支える二つの山のひとつ。もうひとつは石鎚山《いしづちさん》。どちらも古くからの霊場らしい。

「剣山にいるオレも、おまえのことは、ここにいるオレを通してみんな知ってる。場所が場所だから直接会うことはないだろうけど」

「会ってみたいな……」

「ああ。でも遍路道を逸《そ》れた四国はまだまだ危険だから、難しいな」

訊《き》くと、この四国では十年くらい前から戦国時代の怨霊《おんりよう》が戦《いくさ》を繰り広げているのだという。

尤《もつと》も赤鯨衆《せきげいしゆう》という人たちが平定したおかげで、もう戦は収まってるらしいが、それでも山奥にはまだ怖い怨霊がいっぱいいる。

「ここから挨拶《あいさつ》でもしてやってくれ。オレも喜ぶ」

周りを見れば、他のお遍路さんたちも剣山の方角に手を合わせている。あたしは両手を口にあてて大きな声で叫んだ。

「剣山の仰木高耶――ッ。あたし、きっと成仏するからねーっ！」

周りのお遍路さんはびっくりしてこっちを見たけど、あたしにとって仰木高耶は友達みたいなもんだから、拝《おが》むのは変だよね。

「さ。甘露水《かんろすい》呑《の》みにいくか」

剣山の仰木高耶には会ってみたいなと思うけど、今のあたしにはここにいる彼だけで充分な気もした。だって、この仰木高耶はあたしだけを見てくれてる。

風に木々が揺れている。納経帳《のうきようちよう》の朱印《しゆいん》はすでに十八個集まろうとしていた。

六月十七日
第五十一番札所・石手寺

遍路《へんろ》旅が愛媛《えひめ》県の真ん中に入る頃には、私の唱える般若心経《はんにゃしんぎょう》もずいぶん堂に入《い》ったものになってきた。まだソラでは無理だけど、つっかえずに朗々唱えるくらいはできてきた。

ここ石手寺《いしてじ》は松山《まつやま》市にある。松山市と言えば道後《どうご》温泉。道後の湯には霊も浸《つ》かれる霊泉があって、旅の疲れを癒《いや》すにはまたとない場所だ。温泉に入れると聞いた時は、あたしは本気で涙がちょちょぎれた。

石手寺は善通寺《ぜんつうじ》ほどのでかさはないけど、明るくて賑《にぎ》やかなお寺だ。可愛《かわい》らしい三重塔《さんじゅうのとう》もあって、仁王門《におうもん》には草履《ぞうり》がいっぱいぶらさがっている。

「ここの寺には、遍路の元祖っていう人の伝説があるんだ」

相変わらず仰木高耶《おうぎたかや》は蘊蓄屋《うんちくや》だ。

「衛門三郎《えもんさぶろう》っていう遍路が、息を引き取る間際《まぎわ》に弘法大師《こうぼうだいし》に巡り会って、遺言《ゆいごん》を聞かれたらしい。来世は国司《こくし》の家に生まれたいって答えると、大師は小石に『衛門三郎再来』って書いて握らせた。翌年、偉い領主の家に赤ん坊が生まれた。その赤ん坊が『衛門三郎再来』と書かれた石を握っていたというわけだ。その石が納められたから、石手寺」

「生まれ変わったんだ……」

「衛門三郎は大師に会うまで、二十一回も遍路を打った。おまえもそれくらい廻ってれば、本物の弘法大師に会えるかもな」

「したら、あたしも石もって生まれ変わるのかな……」

ふと仰木高耶が目を丸くした。ドライヤーで朱印《しゅいん》を乾かし終えたあたしは、納経帳《のうきょうちょう》を丸めながら、

「生まれ変わるなら、そうだな……、去年結婚したお姉ちゃんの子供とかがいいかな。旦那《だんな》さんが男前だし、相手がお姉ちゃんなら、甘えてもエンリョしなくていいし……」

「ミク」

「あ、あれ……？　あたし」

ふと我《われ》に返ってビックリした。やだ、あたし今の今まで、全然思い出せなかった？　そう、家族のこと。四国《しこく》に来てもうひと月も経《た》つというのに、今初めて思い出したんじゃない？

「そうか。……お母さんとお父さん、今頃どうしてるだろう……」

うわーっと視界が開けるみたいに、身近な人たちのことが甦《よみがえ》ってきた。今まで成仏《じょうぶつ》のことばかり考えすぎててお母さんたちのこと全然気づくことができなかったなんて、ショックだ。なんて親不孝な奴《やつ》だろう、あたし。

「おい、大丈夫か」

大師堂の前の石段に思わずへたり込んでしまったあたしに、仰木高耶が声をかけてくる。思い出した途端、溢《あふ》れて溢れて止まらなくなる。

そうだよ。あたし、なにしてたの。

お父さん……お母さん……。

いまどうしてるだろう。

あたしがあんな事故に遭《あ》っちゃって、きっとすごい驚いたはずだ。って「驚いた」だけじゃ済まない。しかもあたし、死んでしまったのだ。突然死んでしまったのだ。

どうしよう。ごめんなさい、お父さん、お母さん。あたし、死んじゃったよ……！

「ミク……」

もうとっくにお葬式も終わっただろう。おばあちゃんが死んだ時みたいに、あたしの体もとっくにお骨《こつ》になってしまっただろう。どうしよう、どうしよう、お父さん、お母さん、ごめん。ごめんなさい。お母さん、きっとすごい泣いた。悲しませたに違いない。あたしに死なれて、いまどんな想《おも》いでいるだろう。

どうしよう、どうしよう。

ごめんなさい、ごめんなさい！

わっと号泣《ごうきゅう》してしまった私の傍《かたわ》らに、仰木高耶は同情気味にずっと寄り添っていてくれた。

思い出せなかったことは、別に薄情なんかじゃない、と仰木高耶は言った。死んだ人間の本分は成仏すること、本能的に何より最優先になすべきことばかり思うようになるものだ。体が睡眠に入る時間になると自然に眠気がやってくるようなもので、あたしはいわば「眠気はあるのに眠れない」状態らしい。

それにしたって、今の今まで残してきた人たちのこと、これっぽっちも気にかけることもなかったかと思うと、自分が情けない。

その日は一晩、涙が止まらなかった。

両親の気持ちを考えたら、胸が潰《つぶ》れそうだった。

お父さんお母さんだけじゃない。お姉ちゃんや弟の健《けん》だって……。マユやナッチたち学校のみんなだって、……ショックだったろうな。てか、もう会えないなんて悲しいよ。

さよならも言えなかったよ……。

「ねえ。どうしても帰っちゃ駄目？　幽霊のままでいいから、みんなのとこに一言、さよなら言いに行きたいよ」

「駄目というよりも、……できない。霊は足摺岬《あしずりみさき》から成仏する以外の方法では、この四国から出られないんだ」

「どうしても駄目？」

皆が寝静まった夜の境内《けいだい》の片隅で、座り込みながら、あたしは仰木高耶に縋《すが》りついた。仰木高耶はしばらく何か、重苦しい表情で考え込んでいたが、やがてポツリと「ひとつだけ方法がある」と言った。

「方法？　教えて」

「憑依《ひょうい》するんだ」

ヒョーイ……？

なにそれ。

「生きてる人間に取り憑《つ》いて、肉体の主導権を持ち主から譲《ゆず》ってもらう、もしくは奪う。憑依霊だけが四国への出入りを自由にすることができる」

「知らない人に取り憑くの？　あたしが」

「だが、この四国では霊が顕在化《けんざいか》している分、生きている人間の霊力も高まっている。よっぽど力がない限り、この四国で憑依することは難しい」

「あたしには？　あたしの力では無理？」

「強い怨霊《おんりょう》ならともかく、……おまえは、そんなに強い力は持ってない」

「でも頑張ればできる？　頑張ったら、できる？」

「………。憑依は」

膝《ひざ》を抱えた両手を足首の前で組んで、仰木高耶は呟《つぶや》いた。

「強盗働くくらいの神経がないと、とても無理だ。イタコならともかく、見ず知らずの霊に肉体を貸してくれる人間はそうはいない。無理矢理他人の肉体を占拠《せんきょ》するような真似《まね》、おまえにできるか」

あたしは思わず口をつぐんでしまう。

「無断憑依は犯罪行為と一緒なんだ。それでも、憑依したいか？」

深い溜息《ためいき》をついて、私は肩を落とした。そんな大それた真似、あたしにはできそうにない。

「じゃあ、お父さんとお母さんに〝ごめんね〟も〝さよなら〟も言いに行くことはできないってこと？」

「………。おまえは、死者だから」

こんなに〝死者〟であるという一言が重くのしかかってくるとは思わなかった。そう、あたしの死はあたしだけのものじゃない。五年前おばあちゃんが亡くなった時のことを思い出していた。おばあちゃん子だったあたしは、悲しくて悲しくて、おばあちゃんの部屋が片づけられるのもイヤで、毎日毎日部屋に閉じこもって、しくしく泣き続けたものだった。

今度はあたしが……なんて。

ごめんなさい……ごめんなさいっ。なんでこんなことになっちゃったんだろ。謝っても謝りきれないよ。

お父さんもお母さんも、本当に……どんな想いをさせられただろう。どれほど悲しんでいるだろう。

胸が潰れそうだよ。

「……あまり自分を責めるな。これればかりは仕方がないことだ。事故は偶発だ。おまえにも、どうしようもなかった」

仰木高耶はあたしの肩に両手をおいて、慰《なぐさ》めるように何度も叩《たた》いた。

「だから……、そんなに自分を責めるなよ」

わかっていても、涙が止まらない。悲しくて悲しくて、どうしようもないよ。

ひどいよ、神様。

なんで、あたし死ななきゃいけなかったの？

六月二十二日
第四十五番札所・岩屋寺

あの日から、あたしのお遍路《へんろ》の意味は少し変わってきたみたいだ。自分が成仏《じょうぶつ》するためというよりは、遺《のこ》してきた人たちのことを想《おも》ってお大師様《だいしさま》にお願いする。

この気持ちを届けてください、お大師様。悲しんで落ち込んでいるだろうお父さんとお母さんに、少しでも元気になれるような出来事が起こりますように。ここからじゃ何もできないから、お祈りする。一心に。

遍路道はだいぶ山深いところまで入ってきた。ここは久万《くま》という土地にある岩屋寺《いわやじ》。更《さら》に奥に入ると面河渓《おもごけい》や石鎚山《いしづちさん》の入り口だ。岩屋寺はその名の通り、岩山のただ中にあるお寺で、境内《けいだい》には岩の壁がそそり立ち、お堂を押しつぶさんばかりにせり出して、険しい気持ちにさせられる。

「ここは山全体が本尊の不動明王《ふどうみょうおう》とされてて、大師の行場だった『逼割禅定《せりわりぜんじょう》』っていう岩場が奥にある。鎖場《くさりば》もあるくらい険しいが、挑戦してみるか」

あたしは黙々と行場に挑戦した。何かに取り憑《つ》かれてるみたいだと仰木《おうぎ》高耶《たかや》には言われたけど、お遍路の意味が変わってきた頃から、札所《ふだしょ》巡りは真剣になってきた。だってあたしにできることはお参りすることしかないなら、一生懸命般若心経《けんめいはんにゃしんぎょう》を唱えて一心にお祈りすることしかない。

「あまり、思い詰めるなよ」

そう言われても、お母さんたちにあたしができることって、お祈りすることしかないんだよ。

「大丈夫。届いてるさ、きっと」

札所を出て、老杉の森の中を通る長い石段を下りていく。そのとき突然仰木高耶が立ち止まった。ぶつかりそうになって慌《あわ》てて止まると、振り返った仰木高耶の目つきが今までになく鋭くなっている。

「ど、どうしたの」

「しっ。ヤバイかんじがする」

腰を落として低く身構えている仰木高耶は、まるで獣《けもの》そのものだ。いつにない緊迫《きんぱく》した空気に、あたしも身を竦《すく》めた。日が落ちかけている杉山はすでに薄暗い。あたりにお遍路の姿もなく、風もなく、鳥の声もない。

「……いけない。一条《いちじょう》の残党がいる」

「え」

「昨日の札所で遍路方《がた》の連中が言っていた。このあたりで遍路をかどわかして人面砲《じんめんほう》を生もうとしてる輩《やから》がいるって」

「な、なんのこと……よくわから……ッ」

びゅん、と耳元で何かが唸《うな》った。菅笠《すげがさ》が飛んであたしは思わず屈《かが》み込んだ。なに今のッ。再び風が唸り、衝撃音があがって、あたりに小さな稲妻《いなずま》が何本も走った。目を開けると、全身からオーラを噴《ふ》き上げた仰木高耶が両手を広げてあたしを護《まも》っている。

「ここはオレが食い止めるから、おまえは遍路方のいる山門まで一気に走れ！」

「え！　でも！」

「いいから走れ！」

突き飛ばされるようにあたしは石段を駆け下りた。激しい衝撃音が立て続けに背後で起こる。やだ、なにが起きてるの！　戦《いくさ》ってまさかこのこと？

「ぎゃ！」

爆発音みたいなのが起こって、あたしは石段から転げ落ちた。体を起こして振り返ると、後ろのほうで火の手が上がっている。仰木高耶……!?

「やだっ、仰木高耶、やだよ、死なないでよ！」

「なにがあったがです！」

山門の方から騒ぎを聞きつけて、遍路方の赤鯨衆《せきげいしゅう》の人が駆け上がってきた。あたしは悲鳴の

ようにまくし立てた。よくわからない、でもいきなり一条だか二条《にじよう》だかの残党が襲ってきたっ

て……！

「上ですね！」

武器らしきものを手にした赤鯨衆の人たちが駆け上がっていく。茫然《ぼうぜん》と座り込んでいたあたしもすぐに我《われ》に返って、立ち上がると、いてもたってもいられず後を追うように元来た石段を駆け上がった。

「仰木高耶！」

火明かりの向こうで、怨霊《おんりよう》が戦っている。あたしたち遍路とは似ても似つかない恐ろしい姿をした霊体たちだ。立ち向かっているのは仰木高耶だ。激しい衝撃音が立て続けに起こり、森の中を縦横無尽《じゆうおうむじん》に稲妻が駆けまくり、耳が破れそうなほどの甲高《かんだか》い霊波が静かな霊場の空気を裂く。

あたしは悲鳴をあげた。

倒れた杉の大木のそばに、仰木高耶が倒れている。怨霊たちは赤鯨衆の人たちに追われて逃げ去ったらしい。あたしは仰木高耶に駆け寄った。体から青白い火を噴いている。ひどいダメージを負っていた。

「やだ、しっかりして……死なないでよ。こんなところで死なないでよ」

抱き上げてあたしは必死に揺さぶった。

「あたしの仰木高耶は、あんたしかいないんだから！　こんなところで死なないでよ！　ひとりぼっちにしないでよ！　死んだら、やだ――っ！」

青白い火に包まれながら、仰木高耶は少しだけ目を開き、そしてあたしに笑いかけてきた。

《ばか、しなねーよ……》

仰木高耶はかすれたか細い声で言って、困ったように苦笑いを浮かべてみせる。

《オレは、おまえを見送るまで何があっても消えることはない……。さいごまで、オレはここにいるんだ》

七月五日
第三十八番札所・金剛福寺

海からの風が亜熱帯の木々を優しくさざめかせている。

太平洋《たいへいよう》からの風だ。波音のスケールも瀬戸内海《せとないかい》とはまるで違う。海に向けて大きく開けた崖《がけ》っぷちの道を歩き、ついにあたしは到着した。ここは足摺岬《あしずりみさき》。四国《しこく》の最南端の町。

長い長い遍路《へんろ》の道のりもようやく半分を越した。まだ半周残っているけれど、成仏《じょうぶつ》する遍路はここが最後の札所《ふだしょ》になる。

蹉跎山金剛福寺《さださんこんごうふくじ》。足摺岬にある最南端のお寺。

さすがに開け方が違う。四国の真上に覆《おお》い被《かぶ》さった雲も、太平洋に面したここでは、あまり気にならない。海の上は青空だ。夏の陽射《ひざ》しがさんさんと波間に降り注いで眩《まぶ》しい。霊体のこの体じゃ気温はわからないけれど、この眩しさは夏のものだ。

「やっと到着だな」

私の傍《かたわ》らには、仰木高耶《おうぎたかや》がいる。岩屋寺《いわやじ》で言った通り、彼は消えなかった。本当に私が成仏するまでは、消えないようにできているらしい。これが〈裏四国〉結界《けっかい》の凄《すご》いところだ。結界の主だけある。

「ここは大師《だいし》が千手観音《せんじゅかんのん》を感得《かんとく》した場所で、補陀洛《ふだらく》信仰の聖地と言われて、空海《くうかい》が、庇護者《ひごしゃ》だった嵯峨《さが》天皇から〝補陀洛東門《とうもん》〟の勅願《ちょくがん》を賜《たまわ》った寺だ。足摺と対《つい》になる室戸《むろと》岬は、空海が悟りを開いた場所だが、ここは補陀洛……観音菩薩《ぼさつ》が棲《す》む西方浄土《さいほうじょうど》の東の門。室戸が始まりなら、ここは終わりだ」

いつものように蘊蓄《うんちく》をたれる仰木高耶の足元に、可愛《かわい》い犬が駆け寄ってきた。霊体ではなく生犬だ。ここで飼われている子らしい。犬にもどうやら仰木高耶が見えるのだろう。ひと通り構ってから、他の仰木高耶に譲り、こちらに戻ってきた。

「……といっても、札所はまだまだ続いてる。ここは途中に過ぎない。どうする？　せっかくだから踏破《とうは》するか」

「それもいいかなって思ってたけど……」

あたしは海の方を振り返って、呟《つぶや》いた。

「やっぱりこのへんで打ち止めにするよ」

仰木高耶は意外そうな顔をした。

「いいのか？　だっておまえ、まだ……」

「わかったんだ。あたしの未練」

と言って、昨日したためた手紙を懐《ふところ》から取りだした。

「ねえ、手紙出すくらいはいいでしょ？　あたしが戻れなくても」

仰木高耶が受け取った手紙の宛名《あてな》は、両親宛ともうひとつ「秋田麻由美《あきたまゆみ》様」……あたしの親友の名前だ。

「未練の正体はコレ。全部思い出したよ。あの日、実は好きだった男の子に告《コク》るつもりで、自転車乗りながら呼び出しのメール打ってたんだ。やっぱ駄目だよね、ながら運転は。メール打ち終える直前に事故に遭《あ》っちゃったんだけど――」

ばつが悪いやら情けないやら、あたしは頭をぽりぽり掻《か》いた。

「もしOKだったら一緒にはめたい指輪買ってたんだ。無駄になっちゃったけど、よかったらマユにあげようと思って。一世一代の告白のつもりで夜も眠れないほどキンチョーしてたから、そんなのが未練になっちゃったんだな、きっと」

「おまえ……、でも」

「うん。本当はもっと長く生きたかったよ。あの日の朝さ、進路のことでお母さんと喧嘩《けんか》して家出てきちゃったし、……その、謝りたかったから手紙書いてみた。後味悪いのはイヤだもんね」

照れ隠しにわざと笑ってみせるあたしを、仰木高耶はひどく真摯《しんし》な顔で見つめている。

「それにね、急がなきゃならないわけがあるの。どうせなら、お姉ちゃん夫婦の赤ちゃんに生まれ変わりたいんだ。こーゆーのって希望通りいくかわかんないけど、そすれば、お母さんたちともいつでも会えるでしょ？」

「ミク……」

「ありがとうね、仰木高耶」

あたしは菅笠《すげがさ》をとって、真正面から向き直った。

「十七年間彼氏いないまま人生終わっちゃったけど、最後にあんたと旅できて、ホント楽しかったよ。よかったよ」

「……。実はな、もうひとつだけあるんだ」

え？　と問いかけたあたしに、仰木高耶は真顔で、

「四国《しこく》から出る方法。もうひとつだけあるんだ」

「もうひとつだけ？」

「この四国で生まれてくる子供の体に入る。換生《かんしょう》と言って、今の記憶を失わないまま、赤ん坊の肉体を手に入れることができる」

かんしょう……？

民谷美久《たみやみく》のまま、生まれ変われるの？

仰木高耶は少し苦い表情だったけれど、あまり勧めたくないだろう「それ」をあたしに教えてくれたのは、きっとあたしの気持ちを大切にしてくれるからなんだろうな。

「……ううん。あたしはいいよ。お姉ちゃんの子供になりたい。そしたらまたお母さんたちと

家族になれるもん」

仰木高耶の表情が少し和《やわ》らいだ。そうか、と呟《つぶや》いた。

「岬まで送る」

白亜《はくあ》の灯台が見えてくる。断崖絶壁《だんがいぜっぺき》の足摺岬。たくさんの遍路たちが旅立とうとして、今空《いまくう》海《かい》たちと別れを惜しんでいた。灯台に行く途中のポストに手紙を投函《とうかん》して、あたしも仰木高耶と握手した。

「剣山《つるぎさん》の本体にもよろしくね」

「ああ」

「この四国はいつまでこんな風なのかな」

「さあ……。でも」

仰木高耶は海を眩しそうに見やって言った。

「死者に必要とされる限りはずっとここにいるんだろうな、今空海は、弘法大師《だいし》みたいに。何十年先も何百年先でも」

あたしはずっと旅を共にしてきた金剛杖《こんごうじょう》を仰木高耶に渡した。

「これであんたも役目終わりだね」

「ああ。オレはな」

「いろいろありがとう。じゃあ」

行ってきます、とあたしは水兵さんみたいなポーズをとった。仰木高耶は眩しそうに笑っていた。

「いい旅立ちを」

岬の展望台にあがり、あたしはその先に広がる太平洋を見つめた。波の音が気持ちいい。どこまでも青く澄んだこの海がこの世の最後に見る景色だなんて、昔の人はオツなことをよくぞ考えてくれたなぁと妙に感心した。

展望台の中央の丸い台に乗っかって、大きく息を吸った。

目を閉じると、今まで見えなかった光がどんどん大きくなって何もかもを包み込む。

ありがとう、仰木高耶。

あとはもう、軽く地を蹴《け》って、鳥のように羽ばたくだけでよかった。

あとがき

お久しぶりです。桑原水菜《くわばらみずな》です。

「炎の蜃気楼《ミラージュ》」シリーズでは、二年ぶりの刊行になります。

文庫未収録の番外編がようやく一冊にまとまりまして、肩の荷が下りたと言いますか、ホッとしております。いつかはいつかはと思いつつ、やっと形にできました。

懐かしい作品などもございますので、一作品ずつ解説などさせていただきます。

■「赤い鯨とびいどろ童子」

こちらは比較的最近書かせていただいたもので、別冊Ｃｏｂａｌｔに寄せた長編です。二百五十枚一挙掲載、というのはなかなかのボリュームでしたが、赤鯨衆《せきげいしゅう》の話ということもあって、走るような勢いで書くことができました。

赤鯨衆列伝とまではいきませんが、嶺次郎《れいじろう》を中心にした馴《な》れ初《そ》め話はぜひ書いてみたかったので、私としましても「書いた～」という感じで妙な達成感がありました。誰が誰、という話になるとネタバレになりますので控えますが、最初の赤鯨衆のいきあたりばったり感とか、素ですっとぼけた人たちなので、私もフツーに仲間になれそうです。

本編のほうではカタキ役みたいな役どころになってしまった草間《くさま》ですが、本来の、嶺次郎との絆《きずな》や飾らない友情が描けた点が、私としては一番満たされた部分だったんじゃないかと思います。やはり皆が「ついていこう！」と思う男ですから、漢気溢《おとこぎあふ》れるとこを見せたかった。

皆さんが赤鯨衆に入隊したら、どんな役まわりにつきたいでしょう。

私は……、やっぱり中川《なかがわ》先生の鞄《かばん》持ちがいいです。一緒に縁側でお茶したい。

■「終わりを知らない遊戯のように。」
はい。これは―……（笑）確か完結直前に急遽《きゅうきょ》書いた覚えがある短編で、なんだか、みょーな雰囲気《ふんいき》の話になってます。直江《なおえ》が走り高跳びとか、犬と戯《たわむ》れとか、そんなカンジのが書きたかったのかな？？　自分でも当時の自分がよく思い出せないのですが、結局そこにオチがくるところに、自分の業《ごう》の深さを感じました。

■「拝啓、足摺岬にて」
こちらは正真正銘、完結直後に書いた作品です。こちらは思い入れ深いのでよく覚えているのですが、さすがに四十巻を書き終えて燃え尽きた状態では、もう高耶《たかや》たち本人が出てくるものは書けず、唯一《ゆいいつ》書ける形がこれだったのでした。今空海《いまくうかい》な高耶と死遍路《しへんろ》さんのエピソードは、描いてみたい題材だったので、ここで書くのがベストでしょう、と思ってトライしました。

完結直後の粗熱《あらねつ》のもとで書いたにしては、ほのぼのしていて、激しいドラマがあるわけでもなく、猛烈な葛藤を描くわけでもない一編ですが、憑き物が落ちたような感じが全体を穏やかにしていて、私的にはとても気に入っている一編です。

多少、間が空《あ》いてもすっと体が入っていけるくらいに馴染《なじ》んだミラージュ・ワールド。私にはいつでもそこにある、という感じです。完結から三年経ちましたが、その感覚は変わっていません。その折々の自分が反映されて、また新たな一面を見せるものかもしれません。

完結はしたけれど、完成はしない世界こそ、生きた世界なのでしょう。

読んでいただきまして、本当にありがとうございました。

二〇〇七年八月　　　　桑原水菜

※この作品はフィクションです。実在の人物・団体・事件などにはいっさい関係ありません。

《初出誌》
『赤い鯨とびいどろ童子』　別冊Ｃｏｂａｌｔ　２００７年８月号増刊
『終わりを知らない遊戯のように。』　Ｃｏｂａｌｔ　２００４年４月号
『拝啓、足摺岬にて』　Ｃｏｂａｌｔ　２００４年６月号

この作品のご感想をお寄せください。
桑原水菜先生へのお手紙のあて先
〒101—8050　東京都千代田区一ツ橋２—５—10
集英社コバルト編集部　気付
桑原水菜先生

くわばら・みずな

9月23日千葉県生まれ。天秤座。O型。中央大学文学部史学科卒業。1989年下期コバルト読者大賞を受賞。コバルト文庫に「炎の蜃気楼」シリーズ、「風雲縛魔伝」シリーズ、「赤の神紋」シリーズ、「シュバルツ・ヘルツ－黒い心臓－」シリーズが、単行本に「真皓き残響」シリーズ、『群青』『針金の翼』などがある。趣味は時代劇を見ることと、旅に出ること。日本のお寺と仏像が好きで、今一番やりたいことは四国88カ所踏破。

炎の蜃気楼《ミラージュ》　赤い鯨とびいどろ童子

COBALT-SERIES

2007年8月10日　第1刷発行

★定価はカバーに表示してあります

著者　桑原水菜
発行者　礒田憲治
発行所　株式会社 集英社
〒101－8050
東京都千代田区一ツ橋2－5－10
電話　東京　(3230) 6268(編集)
(3230) 6393(販売)
(3230) 6080(制作)

印刷所　図書印刷株式会社

ISBN978-4-08-601048-1 C0193